老いの残り福

いちもとゆりえ
いちもとたかゆき

目次

老いの残り福

一　はじめに

ことの起こりは、一本の電話から始まった。

「もしもし市本おばあちゃん、長い間ご無沙汰していましたが、お元気でしたか？　桂(けい)小蘭(しょうらん)でございます。実は今日お電話しましたのは、だいぶ前から気になっていたことなんですが……」と前置きされて、突然、思いがけない次のような内容のお話だった。

その一つは、この度、念願だった大阪大学の学位を取得されたことのお知らせだった。桂先生は、この日に至るまでに相当なご苦労をなされ、それをよく乗り越え、頑張ってこられたと思う。もともと研究熱心な方だったから、きっと立派な論文を発表されたことだろうと、我がことのように嬉しく思い、心からお祝い申し上げた。

ところが次のふたつめは、古い昔の事でもあり、まったく予期しない突然の話で、棚から牡丹餅(ぼたもち)、喜んでいいのか、悲しんでいいのか、只々びっくりするばかりであった。何しろ十何年前のことで、覚えていないのだが、以前、桂先生が、川西市市民中央会館で初級中国語の講座を受け持たれた時、全員に中国語を学ぼうと思った動機について質問され、その時、私は次のような理由を言ったようだ。

四十五歳頃、頸椎腫瘍の手術をしていただいた桐田先生、宮崎先生（天理よろず相談所病院）に巡り合い、助けて頂いた。その時、退院後のリハビリについて、主治医の宮崎先生から、「腕から指先までしっかり回復するために、クルミでも、玉でも、筆でも、何でもいいから、常に指先を動かす運動に励みなさい」と、アドバイスを受け、早く回復したい一心で指示通りに頑張り、その一つの好きな絵を描くことにして、美術同好会に入会した。

やつれて力の抜けた右手を左手の助けを借りながら、子供のように油絵具を塗りたくり、又水墨画のグループにも入れてもらい、リハビリに専念していたら、ありがたいことに数年後にはすっかり回復していた。

そんなある年、夫の同期会で、中国の青島にある山東大学（以前は海洋大学）に表敬訪問する旅行へ同行しないかとの誘いがあり、一年続けて参加できるほど元気になった。青島（ちんたお）を中心に北京（ぺきん）・敦煌（とんこう）・蘭州（らんしゅう）・広州（こうしゅう）・香港（ほんこん）等、初めての海外旅行を楽しむことができ、感謝でいっぱいだった。その時の旅先で中国画を鑑賞する機会が度々あり、何千年の長い歴史を経て今日に至ったのだなぁと異次元の魅力を感じ、いいな～と思った。そのつど絵の説明もあったのだが、残念ながら言葉がわからないので十分理解することが出来なかった。

「中国語が少しでも理解できたら鑑賞の視野も広がり、中国の方々ともお友達になってお話ができたら、また楽しみが増えるだろうな〜、との思いで申し込みました」とかなり情熱をこめて話したそうだ。

桂先生が「チャンスがあったら、中国に水墨画を学びに行かれたらどうですか」と言われた折、「そうですね。本場で学べたらいいでしょうね」と私が答えたらしい。

このたびの電話で「今でもその時の情熱を持っていますか？ もしあるようだったら、夫が中国に文献のことで帰省するので、芸大に立ち寄って、留学の事についていろいろ聞いてもらいましょうか？」と桂先生は言われたが、何しろ十何年前の事で、自分自身の記憶にも全く無く、赤面の至り。それにその時は六十歳前後で、夢も情熱も多少あったが、七十五歳の現在、当時とは気持ちのずれも多少あり、突然の話に戸惑った挙句、夫とも相談したかったので、「二〜三日考える時間が欲しい」とお願いした。

その日の夕食時、夫に相談すると、「僕は中華料理が好きだから、何回行っても嬉しいけれど……」

予想もしない留学話に、二人とも高年齢で、果たして大学側が受け入れてくれるかどうか？

もし許可されたとしても、二人とも高血圧の体、長年お世話になっている主治医の三嶋先生に相談、診断を仰ぐことが先決だと話し合った。

おそらくは八十一歳と七十五歳の老夫婦が「何を呆けたことを言い出すのですか」と一笑に付されるだろうけれど、昔から尊敬・信頼している三嶋先生のお言葉に従うのが一番だ、との結論に落ち着いた。

数日後、三嶋先生の診察があり、勇気を出して留学の件をお話しした。先生は多分、「国内はともかく、海外はやめなさい」と言われるだろうなと二人とも予測していたが、先生は「大丈夫！　チャンスは大事にして、学んできなさい。二人の体の事は詳しく紹介状に書くし、薬も十分持っていけば良い。また中国にも立派な医師が居られるはずだから、現地に行ったら、直ぐに良い病院を教えてもらい、紹介状を持参し診察を受けなさい。心配することは何もありません」と意外な励ましの言葉にビックリするとともに、また二人の背中をポンと押されたような思いがした。

二人とも急に元気が出、中国（広州）へ留学しようかなぁと不思議にその気になり、今までびくびくしていた老夫婦の心が急に前向きになった。三嶋先生の一言は凄い！

二日後、届いた黄色い封筒にぎっしり詰まった紹介状を胸に抱きしめた時は、有り難くて胸の奥がジーンとしてきた。

年甲斐もなく、黄門さんの心境で、「この印籠が目に入らぬか」とかざしてこの紹介状を中国の病院に持参しようと、二人の心は中国留学に固まっていった。

折しも、桂先生より留学のお電話を頂いた時を前後して、夫は永年お世話になった会社を退職し、サラリーマン生活にピリオドを打ち、自由の身になった時期でもあった。

若い時からこれといって深入りする趣味もなく、仕事人間の夫は、仕事一筋で、家庭の事はほとんど私に任せっきりだったので、せめて残りの人生は角度を変えて、二人で共通の趣味を見つけ、ともに楽しめたらよいのにと、退職のこの日を待ち望んでいた時でもあった。

退職後、一休みして色々事務的な整理が終わったら、二人のこれからの事を考えたいと思い、かねがね私が老後の生活設計の一つに、自分なりの夢を描いていたことを話してみた。

それは「健康が許せば、残りの人生をのんびりとスケッチブック一冊、リュックサックに放り込み、奥の細道ならぬ、老いの細道と洒落込んで、国内の小さな島々等、名も知らぬ僻地の村々を、風の吹くまま足の向くまま放浪の旅をしたい。日本の原風景に触れ心が動いたとき、その地で、スケッチブックを開いたりと、気ままな旅をしたい」と、丁度夫に話していたころだったので、国内と国外と違いはあるけれど、これも一つの選択肢かな～と、二人で前向きに考えることにした。

思えば人生は限りある旅。その旅の終わりに近づき、老いの寂しさも少々感じ始めた今頃になり、若い頃は気づかなかった縁と言うものが、なぜか身に沁み始めた。喜びも、悲しみも、諦めも、思いやりも、感謝の気持ちも何もかもみんなひっくるめて、暖かく包み込んでいるような縁とは、又ことのほか有難く、年を取れば取るほどお世話になることばかりで、色々な方々に良いご縁をいただいている幸せを、なんと言い表してよいのかわからないほど、感謝でいっぱいである。

このたびの留学についても、いろいろな方々のお陰で、話がアッという間に進んでいくのが、不思議でならなかった。

当時、大阪大学大学院に留学しておられた龐新平（ぱんしんぺい）（ご主人）先生と桂小蘭（けいしょうらん）（奥様）先生の中国語講座を受講したご縁で、思いがけなく、広州美術学院に短期留学の道が開かれた。折角、推薦していただいたのに、両先生の名を汚すことのないよう頑張らなければと、心に決めていたが、「何しろ二人とも留学は初めての体験だから、いろいろな面で合わないと思ったら、無理をしないですぐに帰ってきなさい。僕たちが声をかけたからと言って、気を遣わなくていいから！」龐新平先生の優しい一言に、心の緊張がスーと解け、気が楽になった。

更にその上、三嶋先生に力強いエールを頂いたので、心がだんだん学生の気分になってきたので、出発準備に取り掛かることにした。

先ず広州美術学院からの入学許可云々の書類が届いたので、通達内容に合わせ、必要な書類を作成することにした。

「学歴、職歴、画歴、健康状態等々の身上書（履歴書）、中国文化、特に中国画（古画を含む）を学びたい為に留学する自分達の思い、考え理由等を絡めた小論文、並びに画歴の面で、今日までに描いてきた作品、写真を提出する事」

これらを一応バタバタと用意し、一息ついた。出発準備もほとんど整い、日々が過ぎ去り、いよいよ新学期の九月が近づいてきた。

そんなある日、時間的にも気分的にも一段落したので、少しほっとしてお茶を飲んでいたら、他愛もない事が次から次へと浮かんできて、追憶タイムになっていた。

思えば遠い昔、五人兄弟の末っ子で、唯一の女の子であった私は、両親や兄たちの愛情をたっぷり受けて育てられた。子だくさんで家計は決して豊かではなかったかもしれないが、家族はいろりを囲み、一家だんらんの毎日。幼い私は、食後は父の膝の上に乗り、毎晩繰り返してお伽話（とぎばなし）を聞くのが最高の幸せだった。話のタネが尽きると、文楽や歌舞伎が好きだった父は、徐々に話の輪を広げ、文楽や歌舞伎の声色まで使って上手に語ってくれた。

話の内容はよく理解でき、阿波の鳴門の十郎兵衛の話で「おつる」と「おゆみ」の話になると、私は可哀想で泣き出し、語り手の父は手ごたえを感じ、悦に入っていたのではなかろうかと思う。数日後、同じ話を繰り返し聞いても、飽きることなく、私は泣いていたらしい。

小学校になってからは、膝の上ではなく、正座して聞いていたが、翌日、夕べ聞いた話を忘れないうちにと、学校の登校、下校時や休み時間に友達にせがまれては、得意げに父の話を受け売りしていたようだ。

最近、五十年ぶりに同窓会で会った友達が、「この語り」が小学校の時の一番楽しかった思い出の一つだったと話してくれ、私は驚くとともに恥ずかしかった。でも幼児期にそれなりの情緒を育ててくれた父に、心から感謝している。


しかし、心豊かに育った時期は短く、私の十代は愚かな戦争に始まり、十八歳の夏、敗戦で終わった。

思い出すのも辛いのだが、三人の兄たちは各々結婚し豊かな家庭を持っていたのに、引き裂かれるように召集され、三番目の兄は輸送船諸共被弾、フィリピンの海で戦死。四番目の兄は学業半ばで学徒としてにわか教育を受け、ビルマで戦死。次男は終戦十日位前に召集され、ソ連のタシケント（ウズベキスタンの首都）に捕虜として送られ、そこでレンガ造りの作業に従事。髪の毛も凍り付くような寒さの中で強制労働を強いられ、髪の毛も白くなり抜けてしまい、丸坊主になるまで働かされたらしい。しかし幸運にも、最後から二番目の船で舞鶴港に帰国することができた。

地獄のような苦労をしたようで、話を聞くだけで胸が締め付けられる思いがした。兄たちの留守家族や親戚の者たちが次々と引き上げてきたが、皆地獄のような苦労をしたようで、話を聞くだけで胸が締め付けられる思いがした。

両親は戦死した孝行息子たちを悼み、悲しみながらも顔に表すこともできず、辛かったことと思う。特に母親は、夜お風呂に入るたびに、顔を湯船に沈めては「可哀想にのう！さぞ苦しかったろう！」と忍び泣きをしていた。

セーラーマンだった兄は男らしく優しかったので、長い間忘れることができず、母とともに泣く日々が続いた。

何とか無事に帰国した長兄は、戦場のフィリピンの港で三番目の弟と奇跡的に再会したらしく、まるで映画のシーンに出てくるような奇遇な出会いを両親に聞かせてくれ、「ほ～、それは良かったのう！」と聞き入っていたが、「それは神仏がこの世の最後に会わせてくれたのかのう！」自分を納得させるように、父親は独り言を言っていた。

兄弟は互いの武運を祈りながら別れたが、数日後、船とともに南の海に消えていった弟の死を、輸送船の機関長であった長男は、帰国するまで知らなかったらしい。

苦しみや悲しみは我が家だけではなく、もっとつらい思いをしている家族もあり、誰もが苦しみに耐えているときであったが、戦況はますます敗戦色濃くなり、昭和十九年〜二十年にかけて日本中の大都市は次々と戦火を浴び、焼け野原と化していった。罪のない数多くの市民は戦火を浴びて死亡、運よく残った人々も家もなく、生活物資、食料も乏しく、皆大変辛い思いをした。

それでも皆、お国のためと信じ、歯を食いしばって我慢し、頑張っていたのだが、米国の攻撃は止まることを知らずエスカレート、田畑で働く人まで標的にしたり、最後はあの恐ろしい原子爆弾を広島、長崎に投下した。

そして、数多くの市民が被爆し、全身火傷、もがき苦しみながら亡くなっていった。何十万という人たちのやり場のない無念さの中で、美しい街も人間も、すべてが瓦礫の山になってしまった。

戦争とはそこまで惨いことをしなければならないのかと、激しい怒りを感じる。狂った人間の性がむなしく、悲しい。

自分たちと同学年位の学生たちの多くは、戦争のために勉強もできないまま、学徒挺身隊として工場で働かされ、多くは被爆で犠牲となり、若い命は火だるまとなり、黒焦げになって亡くなってしまった。その惨めさと痛ましさはやりきれない。

戦争はダメ、どんな理由があるにしても戦争は避けるべきだ。

勝っても負けても戦争は絶対してはいけない。

戦争は悪の魂で、善人も悪人も皆一塊にして、人間を狂わせてしまう。

戦った国々を何時までも憎むのではなく、私は戦争を憎む。

日本が愚かな戦争の口火を切ったために、近隣の中国をはじめ、朝鮮半島、東南アジア諸国まで多大な被害を与え、日本人自らも惨めな敗戦国になり、何も解らないまま多くの国民は、身をもって戦争の恐ろしさ、愚かさを体験した。

十代で戦争を体験した私たちの世代も徐々に少なくなった今日、過去の苦しい思い出を語るのは辛いことだが、戦いはどんな理由があろうとも決してしてはならない。平和がどんなに有り難く、尊い事か、次の世代の子供たち、孫たちにしっかり伝えておきたいので、避けて通れない気がして、思わず本論からそれて長々と横道に入ってしまった。

どうかこの愛すべき美しい地球が、戦争等で傷つけられることなく、世界中の人たちが仲良く、英知を働かせ、いつまでも末永く、平和で幸せな世界を築くことができますようと祈りながら、話の筆を本論に戻す事にしよう。

すでに前述のように、末っ子で甘えん坊の私は、就学期になっても恥ずかしがり屋で、人前で自己主張をしない、目立つことをしない普通の女の子だった。

様々なエピソードがあったようで、後になって周囲の人たちから聞かされると懐かしくもあり、面白くまた恥ずかしい。

少女期に入り、女学生になっても、まじめで勤勉だと自負していたが、欠点の恥ずかしがり屋の性格だけは直らなかった。

学生時代の友達からは「あなたは心根の優しい子で、友達の信頼が厚かったわね」と嬉しいことを言ってくれるが、明治生まれの両親と、大正生まれの四人の兄達の中で育ったためか、昭和生まれの私も自ずと古風な人間になってしまった。

相変わらずリーダーになるのは苦手で、目立たない影の労は厭（いと）わないのんびり屋のお人好しで、今日に至っていると思う。

また戦中の話に戻ってしまったが、多感な少女時代の思い出は、戦時色一色で、辛くて悲しい事のみ多く、すべて忘却の彼方へ捨て去りたい思いがあるが、それでも旧制女学校の乙女たちにとって、それなりのほのかな夢や楽しみがあり、お天気の良い放課後など、校庭に出て、その横の土手に広がる白い可愛い花を付けた青々と茂ったクローバーの上に足を投げ出し、お互いの進路のこと、夢を語り合いながら、四葉のクローバーを探すのに余念がなく、誰かが四葉のクローバーを見つけると皆、弾けるように歓声を上げ、笑い転げ、見つけたものは、幸せが逃げないようにと、大急ぎでノートや本の間に挟んで、しおりにして楽しんでいた。苦しい戦時下にも、乙女たちのロマンがあった。

女学校の寄宿舎は食糧難のため閉鎖されていたので、遠方より汽車に乗り自宅通学するか、知人の家に下宿するか、どちらかを選択しなければならなかった。

私の場合は約四キロの道程を自転車で最寄りの駅まで行き、そこから汽車で通学した。宿題を車中でしたり、試験中は先輩も後輩も皆口々に暗記していたので車中は熱気を含んでいたが、普段は仲良し同志、話に花が咲きとても楽しかった。ローカル線の汽車は窓を開けると煤煙が入り、粉が目に入って痛かったが、それでも都心の女学校に比べれば緊迫感に大きな差があり、通学の汽車の中はまだ少しのんびりした空気が流れていた。

そんな中、敗戦色が濃くなってくると、東京や関西方面に進学していた先輩たちは、戦火を避けて帰省するものが出始めた。絵を描くのが好きだった私は、以前から美術の先生の推薦もあり、兄も東京の大学に行っていたので心丈夫だと思い、東京（現東京芸大）で学びたいと心に決めていたが、「こんな時局にとんでもない、もし勉強したかったら地元の学校に行きなさい」と両親に強く反対された。親の気持ちはよくわかるし、残念ながら東京行きは諦めた。しかし好きな道へ進めなかったという思いが、小さな胸の中に残り火となってしばらくくすぶっていたが、両親の言ったとおり、その後まもなくして頼りにしていた兄は学業半ばで学徒出陣、駆り出されていった。他の兄たちに比べその兄は一番年も近かったので思い出も多く、高校時代は白線も薄汚れた破れ帽子に黒いマントを靡かせながら、私の通学用の自転車に二人乗りして、町の映画館に連れて行ってくれたりした。小さな花を持たせたり、水仙が咲き始めた土手を背景にして、小さなスナップ写真をとってくれたりもした。

様々な思いが走馬灯のように流れてゆく。その悠久の思いを七五調のメロディー風のタッチでまとめてみた。

二　老いの残り福

限りある人生の　残りの時間の　今日もまた
年を重ねてめぐり合う　人のご縁の　有難く
あの方この方支えられ　思いがけない　ハプニング
留学という名の　道の旅　夢見る二人に　明日ありや
あしたの事は　解らぬが　今日があるから　まず一歩
まだまだ若いと　空元気　老風吹くまま　足まかせ
後は野となれ　山となれ　老いも又楽しからずや　残り福

思いがけない留学の　ひょっこり浮き出たご縁の芽（この話）
そっと両手で掬い(すく)あげ　そのまま胸に抱きしめて
大空向かって　飛び立てば
老いの悩みも　淋しさも　大気が風で　吹き散らし
大海原を一っ跳び　遠い大陸　近くなり

何時の間にやら　ほんのりと　幸せ色の　虹がさす
学びの庭は　悠久の　歴史の重み　ずっしりと
懐広い中国の　大河の流れに　身をまかせ
学びの道に勤しめば　これこそ　老いの残り福
老いもまた楽しからずや　残り福

留学の夢ふくらんで　今日も幸せ又いっぱい
晴れなのに　ふとしたことで曇りだす　心のもろさ　おろかさに
老いてまだ　悩みの種の残りしか　時折顔出す煩悩に
しばし迷えることあれど　悩みも生きてる証しだと
ああそうなんだと　気がついて　心の引き出し　入れ替える
発想変えれば　景色も変わり　心も体も軽くなり
どちらを向いても有難い　若い頃にには　見えないものも
この頃少し　見えてきた　虚も実も　老いたお陰か見えてきて
人の真が　身にしみる　感謝感謝の明け暮れに
生かせてもらった幸せを　老いを嘆かず　喜ぼう

老いもまた楽しからずや　残り福

自然に四季があるように　人にも織りなす　四季があり
自然の恵みに包まれて　冬季に入った　老人に
学びのご褒美　頂いて　感謝の念が　身にしみる
生まれて此の方　沢山の　友人知人に　恵まれて
出会いと別れを　繰り返し
受けたご恩は　限りなく　幸せ者の　自分だが
ご恩に報いる　こともなく　うかうか過ごした八十余年
心の中で　深々と　頭を下げて　ありがとう
自問自答の人生も　そろそろ終わりに　近づいて
身の丈知らぬ　凡人の　自分であること　誰よりも
自分が一番　知っている　欠点だらけの　自分だが
このまま自然に　身をまかせ　自分に一番　正直に
ありのまま　自分のままで　終着点まで　ゆっくりと
前を向いて　歩きましょう　老いも又　尚有難や　残り福

母（ヨネ）の言葉も記憶に残っているので書き残します。
不要の要、禍も三年置けば役に立つ
実るほど頭が下がる稲穂かな
人生は山あり谷あり
偉くなったからと言って顎を上に向けるでない
逆境になったからと言って卑屈になるな
苦しい時ほど凛として背筋を伸ばすこと
知人に会った時は、笑顔で相手より先に頭を下げる事
知らない老人に会った時も同じ
笑顔は人を幸せにするこれを人は顔施と言う

三　中国、広州美術学院の紹介

広東省に立地する広州美術学院は、美術系の学部を設置・完備している高等美術学校だ。広州美術学院の前身にあたる中南美術専科学校は、一九五三年の秋に創立された。中南美術専科学校が、華南文芸学院、中南文芸学院、広西芸術学院の美術学部との合併調整によって、もともと湖北省の武昌にあった校舎を、一九五八年に広州へと移した。同年八月、広州美術学院と名を改め、学部生の募集を始めた。一九六九年に、広州音楽専科学校、広東舞踏学校と合併し、広東人民芸術学校となった。しかし一九七八年二月に、広州美術学院がもともと備えていた制度が回復され、その上全国規模で大学院生を募集するようになった。一九八二年には修士号の学位を授与する状況を整え、修士号を授与する権限をもつ機関の一つとして、全国トップと認められた。一九八六年には、継続教育学生の募集を始め、一九八七年には外国及び香港、マカオ、台湾地区の学生の募集を始めた。

学院は現在、設計分野と美術分野という二大学科体系によって構成されている。設計分野に設けているのは、工業設計学部、環境芸術設計学部、包装芸術設計学部、装飾芸術設計学部、衣服芸術設計学部、設計芸術学部、染色芸術設計教研室、ニューメディア設計教研室だ。美術分野に設けられているのは、中国画学部、油絵学部、版画学部、彫塑学部、美術学部、美術教育学部だ。学院の全学部教育で共通の科目は、油絵、彫塑、芸術設計、工業設計、美術学、芸術設計学の六つの選考で、さらに細かく十九の専攻に分かれる。すなわち、中国画、壁画、油絵、版画、書籍装丁芸術、彫塑、装飾芸術設計、服装芸術設計、展示芸術設計、水彩、美術学、芸術設計学、美術教育、総合美術だ。大学院教育では、美術学と設計芸術学の二つを、修士課程で設けていて、ここから三十数種類の専攻に分かれている。

学院は一九八六年に美術研究所を創立した。学院に所属している美術研究所は八つ。すなわち、嶺南画派研究室、設計学研究室、美術教育研究室、美術学研究室、関山月研究室、黎雄才研究室、胡一川研究室、書法篆刻研究室だ。また、一九七九年に《美術学報》編集部を創立した。一九九八年には設計分院を創立した。一九九九年には、美術専門学校と、学部段階の学生を対象とした自習試験補導センターを創立した。二〇〇二年には、継続教育分院を創立した。

現在（二〇〇二年）学部生が二六〇〇人以上、修士課程の学生が一四〇人以上、継続教育学生が一六〇〇人以上在籍している。学院は、広州市昌崗東路に位置し、キャンパス総面積九九〇〇〇平方メートルだ。庭園内には緑樹成蔭、翠竹環繞がある。緑地では一年中、教師や学生たちの創作した彫塑作品が展示されており、芸術的な雰囲気に満ちている。学院に新しく完成した十六階建ての教学大楼内では、各学部の特色にぴったり合う教室と、設備の立派な作業室、製作部屋がある。その上学院には、美術館、図書館、コンピューターセンター、嶺南画派記念館、芸術交流館などがあり、学院での教育や科学研究、創作活動および、それらの成果を展示し提供するのによい環境が整っている。

四　入学のため広州へ

ほとんど中国語がわからない私達夫婦、いよいよ珍道中が始まった。

広州美術学院では、入学時に留学生担当の将大可先生達に大変お世話になった。年寄りの冷や水になるのでは……と、半分は心細く、半分は初めて体験させてもらう未知の世界への夢と希望に、年を忘れて心がわくわくしていた。西も東も判らない留学当初は戸惑うこともあったが、色々ご縁を繋いでもらっていたお陰で、それなりに留学生活に早く馴染むことが出来た。

私達二人は、中国伝統文化の一つである書法と古画を学びたいと思い、夫は書法教室、私は山水教室と別々に学ぶことになり、書法は王見（おうけん）教授、山水画は刘書民（りゅうしょみん）先生にご指導いただくことに決まった。

まず最初、短期間ではあったが、張彦先生が担任してくださり、何かと親切で不安や緊張をほぐしてくださったりと、大変助かった。

山水画を学ぶ同じ目標を持った八人の学友達も、皆心優しい人達で、この温かい空気に包まれ、刘書民先生を中心に、楽しく学ぶことができた。

その他、学院内の他の分野の先生方にもご縁があって、ご指導を仰いだり、また或る時は温かい励ましの言葉を頂いた。恵まれた環境の中で、若い学生さん達と接しながら、書や画を楽しく学べるなんて、幸せを感じると共に、感謝の気持ちで一杯で、この一年間を大切に、基礎的なことからしっかりと学び直したいと心に決めた。

まず前期の学習は、カリキュラム通りに、最初は基礎学習から始まり、次に貴重な文献や資料などを収納してある保管室から許可を得て、各時代の高名な画家の中から十人余りの扇面画を選んで貸し出してもらい、クラス全員が思い思いに、好みの扇面画を臨筆（りんぴつ）することになった。

学友達は皆ベテランなのか、達筆で、どうしてあのような美しい線が描けるのかと感心しながら見惚れていた。私自身何処から手を付けたらよいのか解らず、両隣の友人に教えを請いながら、やっとの思いで描き始めた。なかなか直ぐには慣れない毛筆に四苦八苦、それに加えて自分自身の不器用さもあり、苦労した。昼夜を問わずひたすら教室に通い、誰彼問わず教えを請いながら、扇面の臨筆（模写）を一所懸命描き続けた。しかし学友たちの後についていくのが精一杯だった。

扇面画臨筆の学習予定は、約二か月位だったが、私は描くのが遅い上に下手なので、一人の画家の臨筆を繰り返して四、五枚練習し、それから次の画家に進む。その上不満足な失敗画が多く、お手本の扇面画にはなかなか近づけなかった。しかし不思議なもので、その難しさに却って魅力を感じ、それを繰り返しているうちに、すっかり臨筆に嵌ってしまい、何とか下手なりに失敗画が少なくなってきた。

そのうち扇面画も六十枚余り出来上がり、その頃、扇面画の学習は最終場面、やっと次の学習に進む許可が出て、ホッとした。初めての体験で下手な臨筆なのに、何故かしら心地よい充実感を味わうことが出来た。

思い起こせば、絵筆との付き合いは、四十五歳頃頚椎腫瘍を患った時、力を失っている右手の回復の為に、手術後、「絵が好きだったら、リハビリを目的に絵筆を持ってみれば！」と主治医の先生に勧められ、油絵用の太い筆を持って、腕から指先まで伝わるような強いタッチで描き始めたのが最初だった。お陰様で、右手もすっかりよくなり、命の恩人、主治医の先生のご恩は忘れることはないが、絵筆の目的がリハビリだった為か、絵画の方は一向に上達しなかった。いまだに繊細な美しい線など描けそうにないので、扇面画の臨筆なんて、自分にはとても無理だろうと思いながら描き始めたのだ。しかし、何枚も書き続けているうちに、何時の間にか、少しでもお手本の原画に近づきたいという気になり、集中して、無心に描き続けていた。

学習が終わって、臨筆の筆をおいた時、自分の心の変化に気が付き、「あ～臨筆とは、このような大事な意味があったのか」と臨筆の大切なことが少し会得できたような気がして、良い勉強をさせていただいたなと、感謝の気持ちで一杯だった。ふと「温故知新」という言葉などを思い出した。

学習のスケジュールが一段落区切りが付いた時、自主的にクラス全員で、院外学習に美術館や博物館等見学に行ったり、また或る時は私達留学生の為に、市内の名所、旧跡等を案内してもらった。その上、歓迎会と称して美味しい中華料理までいただいたりと、クラスの学友達の心配りや温かさ、友情等が感じられ、幸せなひと時だった。

このようにして、「学びか遊びか」「遊びか学びか」両方が自然に溶け込んでわからない中に、ただ夢中で日時が快適に過ぎていった。

中国はお隣の大事な国なのに、今まであまりにも知らないことばかり、今更ながら、中国が奥深い、素晴らしい大国であることを改めて感じた。

しかし中国に限らず、世界中のどこの国でも、その国を知るためには、その国に行って、その国の文化を肌で感じることが一番大事なのではないだろうかと、このたびの留学によって初めて気付いた。

それにつけても、脳も体力もどんどん老化現象が進んでいるこの年齢になってから、やけぼっくいに火がくすぶり始め、あれもこれもと学びたいと思う心がつのってきた。この短期間の留学では、中国山水画の入り口を少し覗く程度、とても学びきれるものではないことがよく解り、もっと早く留学に目覚めていたら、本場中国で中国画を学ぶことが出来たのにと、改めてうかうかと過ごしてきた年月が惜しまれた。書法を学び始めた夫も、同じ思いをしていたようだった。

この年齢では叶わぬこととはわかりながらも、出来る事ならこのまま五年から十年間この学院に在籍させていただき、中国古書や、中国古画の源流から遡って研究してみたくなり、人生晩年のすべての残り時間をこれらに費やすことが出来たら、どんなに楽しく幸せだろうなとの思いが突き上げてきた。

勝手にそんな夢を抱きながらも、現実の授業のほうはどんどん進み、すでに前期学習は後半に入り、大作の国宝の李唐秋冬山水図の臨笔が始まっていた。

李唐（**一〇六六～一一五〇**、**南宋画家**）、故宮博物館所蔵の一枚の大作の画を六等分に分割して、部分練習から始め、その六枚が完全に出来上がってから本画の臨笔に入るので、今まで以上に本腰を入れて頑張った。筆使いはなかなか上手くならないが、それでも先生に教わる事のひとつひとつが新鮮に受け取れて、「なるほど〜」と少しずつ理解できるようになってきた。

描くのが楽しくて、夕食を済ませるとまたすぐ教室に行き、熱心に黙々と自習している学友達と共に、夜遅くまで自習する日が度々あった。好きな画を描けるので疲れを知らず、たまに臨毛の表現が解らなくて困る事があっても、学ぶ為の段階、一歩前進だと思うと、悩みも疲れも喜びに変わり苦にもならなかった。

刘書民先生は、私があまり中国語ができないのを気遣ってくださり、級友の欧阻斐林に頼んで、「授業中の講義や大事な事をノートに書いて、筆談でもよいから通訳してあげなさい」と、優しい心配りをしてくださり、お陰で山水画の実技指導時も講義時も内容が理解できるようになり、大変助かった。

先生は指導時、特に授業の講義の時などは常に精神的なお話をされる。先生自身もその内なるものを大事にされて、中国画作成に向かい合っておられるようで、その作品を拝見させていただいた時は心を打たれた。長い歴史の中ではぐくまれた中国山水文化の中で、絵画の上手下手を超越した、何か奥深い心の世界が感じられる。「山水与哲学」「山水与美学」「山水与宗教」等、自然を尊び、諸々の磨かれた精神が、長い歴史の中で徐々に熟成され、心の内面に蓄えられたものが、山水文化の表現の中から滲み出て、華開き、心を打たれるのだと思う。書法も花鳥画も人物画も、皆同じ精神の上に立っている中国文化なのだ、との先生の講義を聴きながら、自分なりに理解しながら、改めて中国古画に敬意を表すると共に魅力を感じた。

書法を学ぶ夫の方も、王見先生の講義や授業で、精神面をとても大事にするよう指導されているようで、夫は王見先生の人柄や院内の学友達に支えられながら、マイペースで熱心に古書の臨筆から教えを受けながら頑張っているようだが、中国語があまり理解できないのが悩みの種のようだった。言葉の壁さえなかったら先生方のご指導も理解でき、古文書の意味もしっかり吸収でき、もっと楽しいだろうなと、残念がっていた。しかしそのうちに、先生の熱心なご指導や学友達の通訳のおかげで心が通じ合えるようになり、時間の経過とともに、中国語はあまりわからないのに、不思議とそれなりに理解できるようになってきたようだ。

夕食時、その日の授業で学んだことを話し合っている折に、今日、王見先生が「臨筆を学ぶ時は自我が出ないように心がけ、己を無にして、素直な気持ちで手本の一字一句、小さな点までも疎かにしないで、ひたすら無心に学んでいると、自ずと手本の内面にまで何かを感じ、表現された文字の心まで汲み取る事が出来る。其れを学べるのが臨筆精神の大事で、有難いところですよ」とか、また或る時は、「自分らしい、いい字を書きなさいよ！　いい字と上手な字とは違うんだよ」「自分らしい字を心を緊張させないで柔らかく、自分を開放して、心を躍らせて！」とか、身振り手振り付きで、深い精神論までに及んで講義して頂いたと、先生から受けた感動を熱っぽく語ってくれた事もあった。

　私も何度かその先生方の講義を聴かせていただいたことがあり、その都度感銘を受けた。私の思いは夫と同じで、ゆっくり年月をかけて、中国語が上手く理解できるようになるまで学びたいな〜と、思う心の火は消えそうにはなかった。

　授業の方は進み、大作の臨筆も二か月で級友達の殆どが完成、次の自由画題に取り組んでいるようだったが、私は三か月近くかかってやっと出来上がったところだった。私は筆が遅いので級友の倍近い時間を費やし、教室で懸命に描き続けていても、臨筆の途中で「ここはどのようにして描いたらよいのかな」と筆使いのわからない箇所の指導を仰ぎ、その都度、繰り返し練習をして次に進むので、時間がかなりかかった。しかしこれも技術を学ぶ過程だからと大事に思い、頑張った。

　後で完成した自分の臨筆を見て、「ここはよく描けたな」とか、「ここはあまり筆使いが解らないまま描いているのでだめだな」とか、自己判断と見分けがつくようになってきた。まだまだ学び方の浅いのがよくわかり、もう少し頑張らなければと思った。

ここからは主人の日記を引用する。

二〇〇二・九・十

気持ちは、中国語がわからない国で、どれくらいやれるか試してみよう。他は家内が少し中国語がわかること、中国語を教わった先生を知っていることが、少し心配の種をなくしている？　弟は午前十時頃来る。家を十一時出発、弟の車に乗せてもらい大阪空港へ十一時四十分着、十二時に乗車。人は少なく関空に午後一時に着、搭乗が少し遅れて午後二時四十分に搭乗、フライト三時発。途中天候良、しかしながら白雲空港は天候悪く、上空で三十分待機して六時三十分ようやく着陸する。

龐先生の迎えを受け、タクシーで美術学院へ向かう。少し待って二階の東側の外国人留学生楼に入室。午後九時頃龐先生と軽い夕食、先生は十二時半頃帰られる。

九・十一

朝八時に龐先生が来室、学生食堂で朝粥を食べる。美味しかった。

担当の将先生のところで入学の手続きを済ませ、明日から学ぶ二〇五号室の学生の班長さんたちの紹介を頂き、挨拶をして元の学生課に戻る。私たちは楼に帰る。初めて午後三時半より、教室の皆様方の協力により道具一式を大学近くのお店で購入し、教室に帰り、皆さまに手伝って頂き、明日から作業にとりかかれるよう準備をする。

九・十二

龐先生、朝八時近くに来られ、時間がないので朝食抜きで教室へ行く。

中国古水墨画の就任から指名されたものを模写し、その上を墨で書く。

先生の来室により挨拶。今までの作品集を楼に取りに帰り示す。

「なかなかいいですね、三週間位、基礎をすれば上に上がって描いてよい」との許しを得る。

午後は各教室の見学、六階の書道の教室を見学。先生は忙しくて、修士を出られた人が個人指導、その若い人に書を学ぶことに決める。韓国の女性で一年間壁画の制作に打ち込んでいる。その部屋を見学させてもらう。七一〇号室、なかなかすごいものだ。六十九歳、学校の教授をされていて、定年退職後、始められたとのこと、韓国に美術館を持っているらしい。

九・十三

朝七時半頃龐先生に月餅を頂き恐縮する。十時頃中国銀行の通帳を作りに銀行へ同行、パスポートと暗証番号が必要とのことだ。今まで毎日出てこられ、面倒、お世話をかけ、本当に感謝の気持ちでいっぱいである。本当に有難うございます。

九・十四

今日は龐先生の両親、兄嫁の招待で朝粥を食べることになっている。その後龐先生と広州美術学院博物館で中国の水墨、油彩、水彩を鑑賞し、先生のお兄さんの車でマッサージ店へ、七十分もんでもらう。その後、身体がすっきりする。初めての体験だ。午後三時頃留学生楼に送ってもらい、本当に有意義な一日だった。皆様ありがとう。

九・十五

朝、構内散歩。途中ラジオ体操のグループと一緒になり参加。終わって学生食堂で午前九時頃、朝粥を食べる。午前十時~十三時街を散歩、文房具店及びスーパーで買い物をする。午後二時帰室し六時まで待機する。夜は体育センターのレストランへ。メンバーは桂さん三人兄弟、長男、次男の夫婦、長男の息子、次男の長男、総勢十人、楽しい会食で良かった。帰りは三男の車で珠江の両岸を走る。昔泊まった白天鶴は迎賓館全建物照明がしてあり一段と変わっているのに驚く。高架橋などは柱が細く大丈夫かなと思うくらいだ。

ただ日本と違って、防音施設がないのですっきりしていて気持ちよし。六年後オリンピックがあるらしい。

九・十六

台風が昨日去ったが、雨が多い。家内は朝八時に研究室へ。龐先生よりTELあり、陳先生（中国画の偉い人）と十時に会う。午後龐先生と中国貨幣元に換えるため中国銀行に行き五万円交換。たくさんの元（三一二五元、札の枚数が多いだけ？）に驚く。本日の練習は私の疲れで、水曜日の十二時半より開始と決定。午後四時ごろ龐先生と別れる。中国における入学、そのほか大変お世話になった。あとはしっかり頑張ることだ。中国語が少々わからないが何とか頑張らなくてはと決心した。

九・十七

雨が連続して降っているのに湿った感じはしない。さわやかである。朝、龐先生から心配してTELあり、本当に親切な先生である。感心した。昼、家内と待ち合わす。雨が降るので新館で待っていると、十二時頃ちょうど出会い弁当で済ます。留守中飽きないよう、スケッチブックを十九元（三百円）で買ってもらう。部屋の中から中国の住宅事情風景をスケッチして時間をつぶす。家内はスケッチ帳を見てなかなか良いと言ってくれた。最後までやって明日色を入れて仕上げる。

九・十八

久しぶりに晴れ、嬉しい。家内は先生二人を囲み、中国画の仲間二十人と集い昼食をとる。

九・十九

朝八時に指示の部屋の前で待つ。誰も来ていない。八時過ぎてからぞろぞろ集まる。ほとんどが外国からの留学生、約二十名が集まり八時半出発。中山記念館→広州博物館→越秀公園→広州彫塑公園そして泮渓酒家で昼食。その後陳氏書院→珠江東側道路ドライブ→広州美術館へ行く。中山記念館は、八十年前に大きな柱のない講堂を造った識見はたいしたものだ。見学の列が続々と後を絶たない。広州博物館は「鎮海楼」高さ二十八m、五階建で、最上階からは広州市を一望でき素晴らしかった。眼下には立派な運動場があり、六年後のオリンピックを見据えているようだ。越州公園では五匹の広州のシンボル五羊石像を見学する（鎮海楼、広東電視塔、アヘン戦争の四方砲台跡など様々な施設あり）。陳氏書院は前にも見たが、今回一部、屋根の修理に色が入り、古くなった建物にマッチしていないのでどうかと思った。珠江の東側道路を昼間が走るが、夜の景観とは全然趣が異なっている。夜間の方が素晴らしい。広州美術館の中国画はなかなか見応えがあった。山水画の良さが分かった。

午後四時半学院に到着、解散。趙先生と別れ、先生の個展を見に行く。

九・二十

家内は朝八時半研究室へ。小生は九時書の宿題をこなす。なかなか書けないので情けない。家内は十二時過ぎ帰る。書道の先生から水墨水仙の水墨画、長く描いた巻紙をいただく。書道の研究、思い通りに書けない。しばらくして午後三時過ぎ休憩。お茶とお菓子を食べる。手本を書いて四時前に帰られる。筆談で話す。卒業後の将来は撮影を希望、少し驚く。書も上手であってもそれでは残らない。

家内は午後六時過ぎ疲れて帰る。午後三時より断水、七時頃より出水。八時過ぎ、やっと下で食べる事ができる。

九・二十一

朝七時半、大学構内及び街を散歩。汗をかきシャワーを浴びて気持ちいい。そして朝食、大変おいしい。一週間前から留学生楼から眺める風景をＰ６に描く。今日は久しぶりに絵具をつける。午後六時に完了。一部家内の注意で、遠近感がでていないので少し色を濃くするようにと忠告され、修正し、とても奥行きが出てよくなった。

この界隈今日は中秋節で賑わう。伊（韓国）さんの話では、季節の果物を備えて一族が三日間供養をするようだ。少し散歩をして大学の上の方に上がってお月様を待ったが、なかなかでないのでしびれを切らし、楼に帰って月餅を食べてささやかなお祝いをして床に就く。

九・二十二

六時半起床、校内散歩、ラジオ体操、九時半朝食。昼は第一食堂でご飯、おかずを買う。寿司ご飯を作るため帰り、昨日のご飯の残りでおかゆを食べて済ませる。午後四時頃寿司ご飯を買いに行くが、第二食堂は休みで、そのことを知らせに帰る。寿司も何とかでき老夫婦二人ビールで乾杯、中秋節のお祝いをする。寿司も少し酢が勝っているが、美味しい。

家内は午後八時に学生が来るので下に降りて待つ。龐先生に外国電話をかける際、私の説明がよくなかったので電話が通じなかった。そのことについて言い訳をしたため夫婦げんかになり反省、反省。

九・二十三

朝から昨日の夫婦げんかを反省する。朝食はパンを第一食堂で取り、蚊取り線香と水を購入。家内は研究室へ、そして昼前帰室、仮眠。午後一時書道の先生来室。家内は航空郵便を先生に頼む。午後三時半まで書道の勉強。先生は帰られる。電話が通じないので、いろいろなことに対して夜通しケンカしながら話を聞いて床につく。

九・二十四

家内は朝七時起床、昨日の反省をする。そのことで家内は頭痛。郵便局に航空郵便を出しに行く。家内は午後四時より教室へ行く。今日は隣の教室の先生の誕生祝いがあり、私も出席するよう話があったというので一緒に行動する。場所は第一食堂の２Ｆが大ホールになっていて、果物等、カラオケ、ダンスと陽気なお祝いで学長も出席され、大変健康的な大宴会であった。

九・二十五

朝七時起床、昨夜は午後十一時半ごろ挨拶をして帰る。家内は手紙を書くため遅くまで起きていた様子。声を出してあちこち痛いという言葉を聞くたびに、暴力は絶対いけない、反省する。昼頃趙先生がお見えになる。寮の費用は六か月一万元（十五万円）であるということになったが、中国語がわからない。相手に納得がいかなくて龐先生を通じて話をしてもらうことになった。こちらは半分支払ってあとの半分は新学期に支払うという話しか通じない。言葉は大事なことであり本当に残念。夜、大阪に電話して張さんと交渉してもらうことになった。電話のかけ方は一部解らなくて、日本の国番号八一を押さなかったため通じなかった。今回かけてみたら龐先生の家にかかったのでやっと安心した。

九・二十六

朝、外よりノックに驚き入り口を開けると、張さん、伊さんが来られ、「留学生とお寺を案内するので一緒に行きませんか」と誘われ慌てて支度をし、バスに乗り込む。佛山（ぶつざん）市の祖廟（そびょう）（祖先の霊を祀る御霊屋（みたまや））へは約二時間走って着く。屋根の上の飾りは二〇〇年前のものである。次に梁園は古い金持ちの家で、現在は六代ぐらいで絶えている。池があり本当に贅沢そのもの、敷地も広い。昼食は小さな茶店でとる。

午後は陶磁器の会社の工場見学をして、それから帰路につく。午後七時頃、日本人がいると聞いて、台湾の友達がやってきた。彼は学院を三年学んで休学、桂林で一年間、先生につき中国画を学んでいた。初めて横浜出身の日本人に会い日本語を話せる、聞くことができるのは大変うれしかった。彼は病院の事務をしているそうだ。その途中龐先生から電話があり、寮費はまだ支払わなくていいとのこと。計算は再度やり直すようだ。
家内に留学生として感じたことを書くように言われたので、一晩寝られない。突然のことで大変なことと思う。**（急な宿題、本当に大変！）**

九・二十七
今日は書道の日、字もバランスがよくなく、書く前によく見て研究して書き始めることだと思う。昼食の弁当を二つ（四・八元）買って十元支払ったら五元と札をもらった。〇・二元はもどらない。おかしい計算でまいった。昨日一元（十五円）で飲み物は買えると思っていくと、三元というので買わなかった。中国語を話せずごまかされたと思い買わなかった。昼、家内にその話をしたら、ビン代も含まれているのでその場で飲んで返せば一元でよいということが分かった。
第一食堂からの帰り、スケッチをしているのを見ようと思い柵を越えて入ろうとしたら、柵に引っ掛かり転倒した。右脚の向こう脛を怪我、左足の打撲傷、痛くて座ることができない。私の欠点で手前を見ないからか？　とほほ。**（これから一年間病気、怪我に気を付**

けてね、大丈夫？）

夕食に第二食堂へ二人で行く。言葉が通じないので、焼飯と言ったのに、店主が書いた文字が料理の中に見つからないので心配していたが、やっと出てきたので食べてみると、骨の多い魚のように思った。よく聞いていくと、蛇を炒めて焼飯とからめている、と聞き驚きほとんど残す。それにしても店主たる奴はけしからん。解らなければ親切に教えるべきだ。感じが悪い、気にくわない。帰って早めに寝る。

九・二十八

昨日からひどい雨、雷もあり大変だ。広州に来て初めての体験だ。朝七時半に朝粥を食べ八時過ぎ研究室へ行く。テレビが故障、六チャンネルしか映らない。電気屋が来たのでテレビの点検をしたが直らない。しばらくしていつの間にか映るようになった。

九・二十九

突然決まったようだが広州美術館へ十時出発。芸術家たちの発表会があり、学院出身で教授の周先生も出しておられるとのこと。一台のバスに多くの学生たちが乗り込む。私たちは乗車できず往復タクシーで参加。夜は日本に帰る荷物を準備し、シャワーを浴び八時過ぎ早めに床に就く。

九・三十　帰国

朝四時に目が覚め、六時に起床。早めに朝食を済ませ七時前いつでも出発できるよう準備。下に降りかけたらすでに先生が車で来ておられ七時半出発。途中交通渋滞もあり、空港には八時四十分ぐらいに着く。空港使用料一人九十元（一三五〇円）を支払いトランクを検査、ツアーの人も多く、何とか検査を通り飛行機に乗ることができた。広州出発十時、関空午後二時、税関もパスして荷物も思ったより早く見つかり、リムジンバスを待っている時、ふとズボンに入れていた寮の鍵のないのに気がつき、南方空港、その他へ電話をかけたが、落とし物の届けはないとのこと、残念。四時頃リムジンで大阪空港、そこから川西能勢口へ、そしてタクシーで自宅へ帰る。

十・十　再び広州へ

昨夜遅くまで準備をしたので少し眠い。十時位堤さんが荷物の積荷の様子を見に来られる。大阪空港へ十一時前着、そして関空へ向かう。すでに淳子（長女）は見送りに来ていた。午後二時二十分乗り込む。予定どおり広州白雲空港へ着く。桂先生のお兄さんが車で迎えに来ておられ、早速乗車、留学楼へ向かう。部屋の鍵を失くしていたが、その旨龐先生に書いていていただいた手紙を見せると直ぐ開けて頂き、中に荷物を収めることができた。午後八時ごろより伊さん、横浜の女の子と大阪のすしの話で盛り上がる。十一時ぐらいまで話をして、楽しい夕べであった。

十・十一

川西より暖かい。半袖シャツでちょうどよい。家内は研究室に土産物を持っていく。午後三時ごろ張彦先生がおられて、龐先生の手紙を示しお願いする。寮費と学費の納める場所が違っている。中々大変のようだった。午前十一時半頃中国銀行の貯金七十万円を人民元交換に行ったら、相手が間違えて七万円分の人民元を渡そうとしたので、言葉が通じず筆記で示し、よく中国語の分かる伊さんを呼びに帰ったりで大変疲れた。銀行の若造は気づいたと見えて訂正をしていた。家内はすぐ走ってきた。伊さんは不在であったが、無事に換金できてひと安心だ。さっそく張彦先生のところに午後三時頃行き、二時間かかり話し合いは終わった。上の人との話し合いが終わり学校の払い戻しを記録する。午後五時張彦先生と別れ早速食事へ、大変な一日であった。言葉が不明なことが多いが、相手の言葉がわからない。今日は早く寝る。家内は胸の調子が悪いようだ。

十・十二

やっと耳の調子が戻った。朝は粥が美味しい。書道の指導を受けるためエレベーターで７Ｆへ。部屋の位置は分かったが、誰もいない。伊（韓国）さんの七〇一号室へ立ち寄る。壁画の作成も相当に進んでいる。家内の話によると、皆、よく帰ってきたと大変親切に迎えてくれたそうで、本当に良かった。

十・十四

私の教室は家内が勉強している二〇五号室でやることが決まっていたが、山水画のグループの中で書を学ぶのは難しい、問題があるということで違う階七〇三号室にしていただいた。一日十枚という指名で、明日から本当に頑張らなくてはいけない。

十・十五

一所懸命に書く。陽が教室に入り、汗だくだく。夕方六時まで作業して帰る。六枚では情けない。先生の目標十枚は、とても出来そうにない。午後は頑張って三枚ぐらいと思ったのに、一枚ミスして結局は一枚しかでき上らなかった。日曜日に頑張って、少し挽回しようか？　四十八字八枚仕上げ、明日からは新しい本をやることになる。

十・十六

本当に、言葉がわからないところで頑張っている。語学も必要だが、それをしていたら書道もできなくなる。しかし、書道を極めるためには中国語がわからないと困るのだが、日本人は僕達だけなので頑張らなくては……。家内は感想文を今日提出する。その内容は以下のとおりである。

留学生としての思いを感想文に

　私達は、日本から広州美術学院に留学致しました八十一歳と七十五歳老夫婦です。実は外国留学の経験はまだ一度もなく、今度の中国が初めてです。しかしこの立派な国、中国で以前から魅力を感じていた中国が学べるかと、心躍る踊る思いが致します。とくに広州市は、数年前二度、観光で訪問したことがあるので、広州の空港に降り立った時は、とても懐かしい気が致しました。久しぶりに訪れた夕暮れの街並みを車で眺めながら、市街の発展ぶり、美しさに目を見張る思いが致しました。このような大都会の伝統ある広州美術学院で学ぶことができるのかと思うと、感動で胸がいっぱいになりました。

　ところで、私たちの留学の動機について申しましょう。私たち二人の年齢はずいぶん高齢ですが、常々人生は終生勉強し、心を磨き、人間らしく、心豊かに生きたいと願っておりましたので、いろいろなことに関心を持ち、その一端として長年洋画や水彩画を学んで参りましたが、ふと立ち止まり、自分達を見つめてみると「少年老い易く、学成り難し」の感が大いにあり反省し、東洋人である自分たちの中にある感性の表現は、中国画に近いルーツがあるのではないかと、折に触れ考えることが多くなりました。元々水墨画は好きで、常に心を惹かれていましたので、何時か勉強する機会があれば中国画を学んでみたいなぁと思っておりました。ある時この自分の気持ちを、中国語を指導してくださった龐老師と桂老師ご夫妻にお話ししましたところ、お二人はお忙しい中、心にとめてくださり、いろいろお世話をしていただきました。広州美術学院留学の手続きの労も執ってくださり、おかげさまであこがれていたこの学院に留学させていただくことができ、大変ありがたく感謝しております。ただ高年齢ですが、年甲斐もなく、何事にも好奇心旺盛で笑われそうですが、心は青春満開です。これからも、老いを嘆くことなく残りの人生を大事に、好きな画や書を頑張って学びたいと思い、留学してまいりました。留学許可をくださいました広州美術学院に、心から深く感謝しております。

　次に、この学院での一か月足らずの学生生活について感じたことを申します。まず留学初日、飛行機が予定よりかなり遅れたため、学院での約束の時間が遅れ、とても不安な気持ちでいましたところ、時間外にもかかわらず、留学生担当の将老師が笑顔で迎えてくださり、本当に嬉しく温もりを感じました。先ず将老師が案内してくださった留学生楼は、新しく、清潔で、ここで若いほかの留学生の皆さんと一緒に生活ができると思うと、嬉しくなりました。翌朝あらためてみる学院のキャンバスは、とても広く、校舎は大樹に囲まれ落ち着いた雰囲気で、この学院の歴史を感じました。このような立派な学院で学べる一人としての誇りを持ち、学院の名に恥じない学生でありたいと、心に誓いました。自分達の年を忘れ、思い切って中国に留学してよかったとつくづく思い喜びを感じています。

ところで肝心の中国画の学習はと言いますと、今まで何十年の洋画の学習が中心でしたので、こうして本格的な中国画を勉強するのは初めてといっていい位です。中国画の筆の持ち方から教えて頂き、初心に返って、素直な小学生のような気持で学びたいと思っています。事実最初の日から十日間位は筆がしっかり持てず、手先が震え、何と自分の力のなさ、ふがいなさに情けなくなり、赤面の至りでした。しかし、その難しさの中に身を置く自分の姿に、ますます学ぶ喜びを感じることができました。何も描けない情けない私を、張老師、周老師その他学友の皆さんが、練習練習、慢慢慢慢（ゆっくりゆっくりと）と言って励ましてくださり、中国の朋友の温かさが身に沁み、頑張らなければと自分自身に言い聞かせております。

この前期の学習で中国画がどれだけ描けるようになるかは解りませんが、少なくとも、中国画の歴史の偉大さ、奥深さ、その先人たちの心と、中国という大国の温かい大きな心をしっかりと受け止めて、日本に帰ることができると思っています。中国画の原画を学べる毎日に、繰り返し感謝しています。古きを温ねて新しきを知る、学ぶことの大切さを知りました。そうしてよく考えると、広く洋の東西を問わず、画法と画材の違いはあっても、名画は名画に変わりはないので、中国でたくさんの名画を鑑賞させてもらいたいと、楽しみにしています。

もう一つ感動したことを申します。異国から来ました私たち留学生に温かい心配りをしていただき感謝しておりますが、その中には二度の市内見学がありました。美術館、たくさんの名所旧跡を案内、御馳走までしていただき、留学生一同感激しました。市街は活気にあふれ、広い道路の側帯には木々と花が美しく整備され、高層ビルが林立し、未来に向かって躍進しているエネルギーを肌に強く感じました。工業、科学、医学、教育、文化、スポーツ等、すべてが開花しようとしている感が伝わって感動しました。これは皆中国人民の方々の優秀さと勤勉さが結集して頑張っておられるからだと思います。この立派な国で好きな中国画を学ばせていただき、長い人生の中一番の至福の時を送らせていただいているのでは、と心から有難く思っております。

この心広い温情への恩返しとして、中国のひとたちの心と画の心をしっかり学び、これからもますます偉大な中国と手を取り合って、仲良く交流していくことを願い、一個人としても努力していきたいと思います。毎日学習に励み、早く中国語を覚え、心の通える会話をしたいと願っています。夫は書に、私は画に励んでまいります。願わくばこれからもずっとずっと、世界の人々が仲良く平和でありますようにと心の底から祈っています。

謝謝。**（これだけの文章を短期間で書くのって大変！　お疲れ様）**

十・二十二

朝七時起床。今日から**顔真郷**（がんしんけい）**（七〇〇年代、唐時代の有名な政治家・書家）**を書くことを勧められ、書き始める。夜は、紙が光って書きづらい。夜は落ち着いていいと思ったが、見えにくい。

十・二十四

朝学院の診療室で、A型肝炎の予防注射を九時半から実施。家内が来ないので待っていると十時近くに来る。大阪の病院の先生の言葉とは違い、新しい針、一回で終了。有難い。一人三十元（四五〇円）。SOSインターナショナル病院では一一〇〇〇円ぐらい、大きな違いである。午後六時より林さんと将来の妻と四人で食事をする。伊さんに教わった店で美味しかった。八時頃帰る。鼻水がだらだら出て、風邪気味で少し早めに寝る。

十・二十六

テレビが故障、修理に来てもらい昼には直っていた。書は朝から心を込めて一枚半仕上げる。未だ、字の型がもう少しというところがある。筆を換えて今日は仕上げた。昼間に家内と第一食堂で会うことになっていたが、別れ際にはっきり言わなかったので、直接楼に帰る。食堂で食べるといったのに来ない、といって怒られた。仕方がない、私がすべて悪いためだ。鼻風邪がなかなか治らない。

十・二十八

朝八時半、身分証明の事で趙さんのところへ行く。趙さんの気持ちの良い対応にいつも感心する。家内は写真を持参、事務局で学生証をもらう。私は写真を忘れ、午後四時頃届ける。今日は能率がよくて三枚仕上げる。明日からも頑張って、三枚を目標に仕上げよう。

十・二十九

朝、王見先生より成果品に対して講評、留守中に来ておられたのに驚く。昼は家内と外食、伊さんも一緒、同席で広州附属病院勤務の女性と筆談で話が進み、焼飯のアドバイスを受ける。午後一枚半仕上げ、夕食の弁当を買いに行く。明日で仕事が一段落する、嬉しい。

十・三十

家内は少し風邪気味で早く休む。午前中で、だいたい目的の本を一冊書き上げる。昼食は弁当で済ます。午後学内の本屋で紙を買って、七〇三号室へ。午後四時頃王見先生来室される。今まで仕上げている作品を見て頂く。伊さんに来てもらい、通訳をお願いする。同じものを大きな字で始めてください、と言われる。大きな筆を購入するよう、指示を受ける。十日後又来られるらしい。大学院生が明日は来るらしい。

十一・八

二〇八号室で、私がいつも蚊の音がするというので、寝台を変わった。私の方がカビ臭く、壁がきちんとなっていないと管理人に申し入れたら、職人が見に来た。七角好一、淳子（長女）からの電話、卓也（長男）からの電話、久しぶりの家族の電話、嬉しかった。家内は学院で午後十時まで頑張る。

十一・九

朝七時起床。遅いのでパンを持って学校へ行く。蘇君は同期と何処かへ。朝から書道、二、三枚仕上げる。午後七時まで頑張る。今晩は初めて私の弁当を買ってくれた。ありがとう、嬉しい。字が思うように書けない、各一本の線も心を込めて書かないと……。家内は今日も十時まで水墨の練習だ。

十一・十一

本日は王見先生の講評があると思い学院に行き、老師を待ったが来られなかった。顔真卿の字の基を図書館で借りた本で拝見、今まで困っていた字も楷書で書いてあるのでよくわかる。字体も大きい。字を書くのは初めは楽しいと思ったのに、今は大変きつい。思うように書けない。昼食は魚料理を伊さんにご馳走になる。蘇さん、故郷の友達を呼び五人での食事、美味しかった。寥先生と午後一時より習字、約一時間半やって学院へ行く。本日も同じミス、直ぐには治らない、どうしたことか。午後一枚大きな字で仕上げることが出来て気持ち良い。

十一・十二

午前中二十枚の一枚が出来上がった。一つ一つの文字は問題があるが、それは基本を再勉強すればよい。小生自体、書道をやってなくて素人でここまでやれることに誇りを持つ。

(自画自賛?)

十一・十六

午前十時頃教室へ。蘇君に初めての講評をもらう。これからはまねで書くことはやめて、自分で創作して書きなさい、と言われる。詩を二つ示して、月曜までに書くようにと指示を受け、本日でだいたい仕上げる。

抄録**「王昌齢（おうしょうれい）（唐時代の詩人）詩　長心怨　　韋荘（いそう）（唐時代の詩人）詩金陵園」**

十一・十七

昨夜八時頃、蘇君が来て、これから頑張っている文字の中で、王見老師がよいと印をされた字を書くように指導された。午前十時出院し、書く。午後街へ買い物に出る。昼食は外で食べる。

十一・十八

宿題は三枚仕上げ、その前に詩を書いたのに気に入らない。夕食後家内は十時過ぎまで学校へ。十時を過ぎても帰ってこないので、迎えに行く用意をしていると、帰ってきた。

十一・十九

王見先生、ひょっこり午後四時半ごろ部屋に来られ、いろいろ講評を受けた。院生蘇君の通訳で約一時間以上指示を与えられた。今後は自分の好きな字を書いて、自分でよい、悪いを判断しなさい。見る力もしっかり育てるようにと指示される。家内は夜遅くまで頑張っている。

十一・二十

一日中色々と勉強、何をして暮らせばよいか、本当に難しい。

十一・二十四

今日は團野さんがよく知っている逢坂さんが、午後一時半頃タクシーで来られ、正門の前で初めて会って、留学生楼へ案内。六か月になる女の赤ちゃんと一緒で、家内と話している間赤ちゃんの世話。本当に重くて可愛い。小牛、久しぶりに赤ちゃんを抱っこした。そして五時頃帰られた。

十一・二十五

朝、心晴れ晴れと書に向かう。午後少し休んで、三時学校へ行くと、外の戸は開いているが中の戸が閉まっているので開けて入る。王見先生が私の作品を見ておられ恐縮。色々と見て一枚張って頂く。ありがとう。中国語が話せないため残念だ。

十一・二十六
蘇君から「随分と上達している、大きな字は中止、小さな字を書くよう」と指示を受ける。

十一・二十七
伊さんは一年ここで頑張って、大作の壁画を仕上げて帰国される。本当に頑張り屋さんである。その人と家内は、よく話が通じて大変な信頼関係を築いている、凄い。
逢坂さんと伊さんは韓国への輸送方法について話をしていて、船便でということになった。十二月二日集荷予定のようだ。決まったそのお祝いを兼ねて三人で食事をする。午後八時半ごろ卓也から電話、この前の時も家内はいなかった。兵庫県の川西は寒いらしい。こちらも冷える。湯たんぽを作って今夜は寝る。

十一・二十八
寒い、学校にいても足元が冷たい。午前中は小字を一所懸命書いていたが、蘇君が昼頃帰ってきて、昨夜王見老師と話し合い、私の書道はまた大きな字に変更になった。それに従い宿題を頂いてその練習をすることになった。①寧静致遠**（誠実でなおかつこつこつと努力を続けないと、遠くにある目的に到達することはできない）**②澹泊明志**（私利私欲に溺れることなく淡白でなければ志を明らかにすることができない）**③風清月白**（静かで美しい秋の月の明るい夜の風情）**④壮士凌雲**（俗世を超越しようとする気高くて立派な志）**⑤龍馬精神**（龍や馬のようなバイタリティーを持って頑張ろう）**宿題は①の字をたくさん練習すること。午後一時が一時半に延びて、爹さんの最後の個人指導を受ける。本日は母上の命日、今家内と中国に来て元気で頑張っている、家族のもの皆元気と、報告する。

十一・二十九

朝九時学校へ。色々字を調べた結果、思い切って二枚仕上げる。蘇君の講評本当によし、練習練習だ。午後、人民病院で血圧を測り診療を受ける。

十一・三十

大雨なので近くの店でトイレットペーパーを買う。二十元（三二〇円）、だ、高い。雨が止んだので、計画どおり食料その他、買い出しに出かける。生まれて初めてドリアンを食べる。四つに分かれていてその中に実が熟している。食べるとシュークリームのような味で美味しい。昔人の話では「臭い、しかし美味しい」という話であったが、よく冷蔵庫で冷やして食べると果物の王様だ。**（ホテル持ち込み禁止、悪臭がひどい、発泡性のアルコールは控える事）**

十一月最後の日をこの中国で迎え、本当に考えられないことで、すべて感激している。小生日本人として肩を張っているところがなければよいが、慢慢に**（ゆっくりと）**やるだけだという言葉は良いことだと思う。

十二・一

朝、伊さんがやって来られた。壁画の韓国輸送について張さんが自分で関税の手続きをし、壁画を収める箱も大学で造らせている。家内は安い方を検討すべきだと言っていたが、ただ安いというだけでそのほかの事が不明だし、現在優劣は難しい。むしろ少々高いが安全で確実に家まで届く方法が一番良いと思う、と伊さんの言っていることを思って、自分の意見を言った。昼、美術館へ行ったけど日曜で休みのようだ。午後四時半、家内が右側の胸が痛いと言うので早退。帰り際野菜を買って、夜も寒いので温まる意味でお粥、午後九時頃から寝る。

十二・二

本日、蘇くんに講評を聞く。いろいろと問題があるようだ。様々な書き方があるが、自分のものを持って書くことが大事だ。それで前に進めという号令がかからないので、今の字の練習を続けるより仕方なし。小生が下手だから。午後九時前淳子から電話があり、正月は広州には来ないらしい。ちょうど家内が学校へ行く前であった。小生一週間ぶりにシャワーを浴びて寝る。

十二・三

朝十一時半に交流館へ行くが誰もいない。本日招待する梁（りょう）（元院長）夫妻がおられ、そこで挨拶を済ませ、交流館で食事をするということであった。学校の宿舎はエレベーターがあり、中も素晴らしく良いものだった。そこで海部総理と中国画に対して親交があり、そのアルバムを記念に頂き有難かった。昼食のメンバーは梁夫妻、その娘、娘婿、伊さん、その通訳の人（中山大学生）と私達夫婦であった。中山（ちゅうざん）大学**（広州最大級五万人以上の学生が在籍、教員も一万三千人以上）**には日本人学生九十人程度はいるようだ。

十二・六

蘇君の父親が田舎から出てこられるので伊さんに誘われ昼食を共にする。母親を早くに亡くし父親一人で息子を育てたそうだ。本当に苦労をした様子が身体全体に出ている。道端で古本を売って生活しているという。仕送りはできない。蘇君はアルバイトをしているものと思う。食後、蘇君の教室七〇三号室で、父親にお願いをして字を書いてもらったが、なかなか味のある達筆で見事な出来栄えに感動した。その後、伊さんが話があるといって私たちの部屋に来られた。今回韓国への輸送費用が三〇〇ドル（三六六〇〇円）増えた。なぜかというと山九輸送の中国女子の説明で、見積もりミスですといったという。家内が見積もりどおりで大丈夫と言ったというやり取りがあったが、家内はキッパリとそんなことは言っていないといっていた。どうもおかしいので見積書を見せてもらうと、正式な契約書ではないのでどうにもならない。見積もりの金額を信じたほうもいけないが、会社側の説明もたいへんまずい。ただ解決方法は、正しく積算して、この部分で増えたことを詳しく説明し、両方ともまずい点があるので金額を少し引いて歩み寄った方がよいと思う。伊さんは娘に見積もりの金額しか送っていないので、差額の着払いの方法はないか、今から送っても間に合わない、と大変頭を悩ましておられた。

十二・七

伊さん相当立腹で、市本さんを信用して山九を選んだのに、責任者は一回も来ない。韓国人だと思って馬鹿にしているのか。仕事を受注してありがとうもない、責任者の説明もない、大事な絵をどう思っているのか。大変怒っておられ難しい。

十二・八

朝九時頃、逢坂さんから電話。校内で伊さんと出会う。逢坂さんが若くてびっくり、驚かれた様子。増えた明細を詳しく説明し、増額金額を半分ぐらいにすることで、伊さんも喜んで承諾をする。不足の料金は韓国へ帰られてから振り込むことでＯＫされた。これで後は荷物が無事につくことのみ祈っている。午後一時半頃学校へ。二枚ずつ描いた後は少し休憩、五時半頃王見先生が来られ約二時間付き合う。中国語がわからないので待っているのは苦痛である。もっと大きく書くようにというのは少しわかったが、蘇君が明日説明を聞くということで帰る。

十二・十

朝九時頃より伊さんと最後の食事をする。来た時から縁があって色々お世話になった。

彼女は特に、人を利用することはなかなか上手、そしてしっかりとしていて、自分より上の先生方との付き合い方が特にうまい。これは将来利用されるためなのか？　チャンとしておられる。フライト十三時半、張老師、蘇君、蘇君のお父さんなどで見送る。そのあとお父さんを楼に迎え昼食と日本茶をふるまう。家内は筆談、私は話ができないのでうらやましい。

十二・十二

朝、昨日のことを話し合い書く。精神をしっかり持って頑張ろう。家内は午後担当教授のお宅へ行く。午後八時頃帰ってきて、立派な邸宅、調度品も素晴らしいと言っていた。往復バスで一時間かかるようだ。家内は教室へ行き、十二時を過ぎても帰らないので迎えに行く。張さんにいろいろと教えを請うていた。熱心もほどほどにして、体の事を考えないと。

帰って床に就くが、床が温まらないのでなかなか寝つかれない。

十二・十三

蘇君が書道をしているので見学する。院生の選択科目、なかなか上手である。帰ってみると王見先生が来ておられ、受け持ちの院生に指示される。その後、午前中に書いた二枚の書を見て、この前より良い、もう規定の書（自分の作品）に取りかかれ、と言われた。

十二・十八

逢坂さんの奥様から電話があった。無事に壁画が届き、一部金箔がはがれていただけで他は異常なしとのことだった。しばらくして龐先生から電話があり、何か困ったことはないか、あまり張り切って頑張るのは要注意、自分の体のことをよく考えるようにと言われた。蛍ちゃん（一人娘）がそちらからの手紙を大事に取っておいて、時々出しては読んでいるとのこと。自分の硯を使用してください、中国においてあるとのこと、有り難い。次に團野さんから久しぶりの声を聞き嬉しかった。桂林、広州などの観光に、来年一月二十八日ごろから一週間ほど行くとのことであった。家内がまだ学校に行っているため十一時過ぎに再び電話をお願いする。

十二・十九

嶺南美術学院へ、山水画で有名な梁先生のスケッチを鑑賞に行く。日本にも三年ばかり来ておられそのスケッチも出ていたし、昔のビデオを観に、大勢の学生さんたちが来ていた。本当に素晴らしい。蘇君に話をすると、嶺南派の三傑で全国でも創始者高剣先生は有名な人だそうだ。

夕食は昼食べたお粥の残りを、昨晩の残りご飯を足して火を入れ食べた。美味しかった。中国へきて作ったのは初めてだし、鍋を洗うのも初めて、経験は大事である。**（うっそー、昔人間）**

十二・二十一
家内は手紙を出しに郵便局へ、私は教室へ行って書道。午前十一時頃故郷の人たちが三人集まってきた。昨日欠席した一天君も来る。私は午後中山大学へ行くのに電話があるということで十一時四十五分頃帰る。午後三時まで待ったが、中山大学の学生から電話はなかった。再度学校へ行き、「夫唯不争胡莫能能与之争」を数枚書くが、思うように書けない。練習以外にない。一所懸命書こう、大きな字で書いた勢いのある書き方が大事である。これは練習以外にない。心を入れ替えて、書いて書いて書きまくろう。
朝寒くなると思ったが、少し暖かくなった。今午後六時半、眞里（外）前にネオン、広州医学院第二附属病院が見える、さあ帰ろう。

十二・二十三

少し冷えるかと思ったが、昼は大変温かい。午前中、思い切って大きな字を書く。気持ち良い。「良馬騎兵千里」を長く書く。自分で思い切って書けたと思う。気合は十分入れて書いた。午後は三時教室へ。「海納百川、有容乃人、山連千嶺、無欲自剛」（**海は百（無数）の川を受け入れるからこそあれだけの大きさを持っている。山は千仭**（無限）**の高さを持ちながら、無欲であるからこそ強さを持っている。自我を主張せず他者を受け入れられる者の方が結局は強い**）大一、小一。寸法を取りながらなかなかうまく書けない。明日八文字に挑戦、蘇君も大きな字に挑戦、私はさらに挑戦、八文字を書く。

十二・二十四

陳老師が来られ、留学を半年伸ばされると聞き、現在のビザの継続、入学ビザを取るのがよいかいろいろ調べて、いずれにしても協力をするから決めてください、とのことだった。

十二・二十五

朝七時十五分、パッチを穿くのに、表か裏かと迷っていたら、眼鏡を外して布団の上に置いたことを忘れ、腰を下ろしたため眼鏡のツルが曲がり、それを元に戻そうと曲げたらポキンと折れた。これでは困るので、セロテープを出してきて折れたところに巻き付けて何とか掛けられるようにして、パンを買いに出かける。

午後五時半、蘇君の下宿に家内と行くことになった。学校から五分ぐらい、狭い通りを抜け二階が彼の部屋、留学生楼よりは広いが、若者二人よくこんな殺風景な所で頑張っているなあ、と思われる。料理を出してくれたのであるが、味付けもよくとてもおいしかった。

日本の龐先生のところへ電話を適当にかけたが通じない。下の管理人に聞いて再度挑戦したが駄目。逢坂さんに電話をして教えてもらいなんとか通じた、万歳。あまり通話が長いので電話局から切られた？　一応通じることが分かった。

本当に寒いのでマフラーをし、下着を二枚も着て寒さに耐える。部屋の戸の下が二センチ弱空いていて、冷風が入り寒さの原因だったので、木を拾ってきて隙間に詰めた。相当に部屋の温度が違う。

夕方、神戸の淳子から電話があり、皆元気な様子、孫たちは冬休み。長男悠介君は英語、国語が苦手で、少々頑張らなくてはいけない様子だ。

十二・二十八

逢坂さんより電話があり、韓国への輸送の件の慰労会をしようということになり、夕食は鍋になった。大きな食堂で満席、待たされること三十分、しかし大変おいしかった。その帰りマッサージに行き、タクシーで送ってもらい大変満足、まるで竜宮城での浦島太郎状態、楽しいひと時であった。

十二・二十九

一日休む。午前中は家でブラブラしていて、家内から学校へ行くべきだと怒られる。もっともなことだ、私がしっかりしないため残念、とほほ。

十二・三十

逢坂さんのご主人が暖房機を下げてこられ、いっぺんに宿舎の中が温かくなる。家内は大変喜ぶ。ちょうど買いに行こうと思っていたところなので、ご厚誼に甘えることにする。床は相変わらず冷たい。家内は寝られないようだ。

十二・三十一

今年最後の日だ。書道四枚書き上げる。家内は明日の準備。私は手伝うことがないというので、久しぶりにシャワーを浴びて、少し年賀のスケッチを書こうとするが、なかなかはかどらない。一枚も書けないで寝る。家内に怒られる。寒いところでこちらは頑張っているのに、一つもやっていないとはと。大変済まない、気が進まず書けなかった。（**慢慢に、ゆっくりとまだまだこれから頑張りましょうね！**）

二〇〇三・一・一

朝早くから龐先生のお兄さんが車で迎えに来られ、朝食と昼食を一つにした飲茶の接待を受ける、有難う。ご両親はこの前にお会いした時とほとんど変わらずお元気だ。お兄さんのお嫁さんは日本語が少し出来るので家内と話が合う。その娘さんは高校生で、大学では洋画を専攻したい、できれば日本へ留学したいといっていた。十時頃まで食事、車で送って戴いて昼前頃に帰る。その後。夕方から新年の祝いをする。皆様が帰り十一時就寝。家内は年賀に色を入れていたので遅くに寝る。

一・三

家内の良くお世話になる女性二人を部屋に招き、昼食を共にする。大変意義のある小宴であった。そして夜、家内は十一時まで教室へ。私は年賀のスケッチを書き、午前一時就寝した。

一・四

この前から便秘、その後下痢を繰り返す。三嶋先生に頂いた薬を飲んで様子を見る。昼前の水餃子があたったのか、でも辛抱しよう。

一・五

夜中数回トイレに行く。広州に来て初めての事であった。しかし夜はおいしいのでどっさり食べた。朝は十一時半ごろまで年賀を書き、近くの郵便局に出しに行く。その帰り眼鏡店による。弦の折れているのを直すのに一週間ぐらいかかるというので、中国産のメガネが安いのでそれを買うことにした。なにやかやと測ってもらい、一週間先に出来上がるそうだ。家内はまた夜教室へ、そして十一時に帰ってきた。頑張りが凄い、明日担当教授が来られるらしい。

一・六

午前九時教室へ。初めて書く字は心がこもってよく書ける。時間がたつにつれて字が変わってきている、注意しよう。五時半ごろ、家内の二〇三号室は部屋中大きな音で描けない、私の七〇三号室に行くといいカギを取りに来た。

夕方足が冷える。私が何もしないので、中国語でも覚えなさいと言われた。もっともなことだと思う。

一・七

朝二枚仕上げる。蘇君が、「顔真郷（がんしんけい）」の書体をやっと示してくれた。横が細く縦が太い。字には変化をつけなさい。先生の示された字もたいへん変化がある。だんだん良く分かってきた。王見先生が午後六時頃、七〇三号室へ来られる。蘇君に会うために来られ、私の書について講評があった。先ず顔真の心がない。書きたいという欲望が出たときに書くこと、それはその気が移ったことになる。中々精神的なものを要求している。字そのものが顔真になっていないのではないか？　私は写すことで顔真の心が読み取れるのではないかと思っていたが、その方法が違うようである。私は基礎ができていないので、そのようになるのかもしれない。

夕食はフィリピンからの留学生と食事をする。四人兄弟、よく中国語が解らないのに頑張っている。

一・八

朝七時四十分起床、パンを買って食事終了。家内も右手がしびれて動かないようだ。夜の作業は冷たいので、昨夜は控えて夕方から部屋にいる。本日は書くことをやめ、眼で見て勉強、難しい。私は今まで書いてきた字を眼で確かめ始める。大変な間違いをしている。これでよいかわからない。顔真から離れているのか、これを蘇君とよく話し合ってみる。

午後三時二十分、はがき五枚を出しに郵便局へ行く。切手十枚買うのに通じず、海外旅行辞典を示し、やっと納得してもらい購入する。切手は中国語でヨウピアォ。

朝蘇君から受けた説明、解ったようでわからない。顔真の心をつかめということ、それには書くことが最後のきめ手だと思う。書いたものの欠点をチェックするのも大切だが、中国は精神、心をつかんでそれから書けと言っているのだ。

一・十

夜家内が帰ってきて、今日は班長も来ていた。この間王さんとのたばこの事でもめて、班長と喧嘩になり、その余韻は残っていて仲たがい。音楽にしても桂林君は謝らないといっているし、王さんはとても気の毒だ。何とか平和な教室にならないものか、困ったものだ。

一・十二

風邪が治らない。家内は教室へ、私は十時頃より部屋で横になる。暗い部屋にいるより教室へ行った方が温かくていいのではないかと言われ、午後二時半より教室へ行く。夕食はフィリピンの留学生と伴にする。英語がはっきりとわからないので会話が弾まず残念だ。

一・十八

本日より研究生募集の入試開始。食後散髪屋へ行く、八元（一二〇円）安い。十一時、何をしてよいかわからないので自由時間、今年の書き納めを三十字に込めて書く。思ったより本年の精算としてはよくできた字だ。帰って荷物の整理をする。

一・十九

午前中部屋の大掃除をする。拭いたり、掃いたり。午後六時半、旅行者より海南島三日間の航空券を戴く。

五　海南島旅行

一・二十

七時起床。家内は教室へ絵を片付けに行き、八時正門前でタクシーに乗り、白雲空港国内線に八時半到着、十時発の三亜行きが十二時三十五分に変更されていた。これではおかしいと、南方航空の方の手配で無事三亜に到着する。飛行場でプラカードを持った人の車に乗り込む。景色はハワイのような温暖な風景、途中日本語の分かる人が乗ってくる。宿泊ホテルの名前が仙人堂、大きい。観光地案内、家内が払ったのが一八〇元と通訳一二〇元、合計で三〇〇元（四五〇〇円）だ。しかし観光にも連れて行ってくれないので不満だ。帰るときは会社の王さんに空港まで運んでもらい、先ほどの龍という人を断ってくださいとお願いする。出鼻からよくない感じ、中国語が解らないので困る。気候は暖かい。夕食後部屋でテレビを見てくつろぐ。一番うれしかったのは入浴、二回入り体はポカポカ、温かく三日ぶりの風呂に大満足だ。

一・二十一

朝食はバイキング形式、腹いっぱい食べて午前中はホテルの前の蝶の館を見学、生まれて初めてココナツの半透明の汁を飲み、その中の薄い白い皮を食べてまた大満足だ。午後は湖畔の遊歩道を二、三時間かけて散歩、スケッチをして帰り夕食を取る。たくさんの観光客でいっぱいだ。午後八時半頃より貴州省の民族舞踊を鑑賞、途中寒いので部屋より見学。スケッチに色を入れて就寝。

一・二十二

朝食後、迎えに来るまで部屋で待機するも王さんは迎えに来ない。広州の中国の人に電話をかけ、いろいろ交渉の結果四〇五四ナンバーの車が迎えに行くとのこと。そしてやっと車が到着し、三亜へと走る。十二時四十分着、直ぐ手続きをして一時三十五分発に変更してやっと広州に降り立つ。あまり中国人があてにならないことを身に染みて体験、これが普通と思えば腹が立たない？　二十四日、日本への帰りのリコンファームＯＫ、安心して楼へ帰ることにする。空港タクシーを使わず流しのタクシーに乗り金をぼられる。良い経験をしたのかも？（**皆様もご注意ください**）

一・二十三

龐先生から電話があり、大変心配されていて、妻のお兄さんに車の依頼をしたとのこと。一度は断ったのだが、お言葉通りご厚意に甘えることにした

一・二十四

またまた、**ハプニング**が発生、空港出国審査で引っかかる。パスポートの期限は大丈夫だが、観光ビザで三十日が期限、継続の申請をしていなくて約一〇〇日不法滞在ということで、公安局へ行くよう指示された。このままでは一日当たり一万円、一〇〇日二人で二〇〇万円支払わなければならない。重い荷物を引きずりながらタクシーで公安局へ行く。そこで日本語がわかる人が来られ、書類の書き方、陳情（私たち隆幸八十二歳、百合枝七十六歳は、主人が勤めを終えたので中国画を習得するため中国へ参りましたと書くように）の仕方を教えられて、その通り申告する。色々と交渉の結果、悪意でやっていないことが分かり、ビザ申請料五〇〇元を合わせ二人四五〇〇元（六五〇〇〇円）を払うように言われたが、金の持ち合わせがないというと、彼は日本領事館へ行きなさいといい、場所を教えてくれる。領事館の人に銀行通帳を見せ、十万円預金していることを告げる。そして急いで銀行へ走る。やっと間に合い、四〇〇〇元下ろす。公安局へ時間内に支払うこと

に協力していただく。支払い、明日の飛行機の予約も領事館の人のお手伝いで無事完了。午後六時頃、領事館を辞す。領事をはじめ職員の方々の協力は、素晴らしいものであった。ありがとう、感謝いたします。留学生楼に一泊の件も連絡をしてもらっていた。遅延の件、龐先生に報告すると、明日の車の手配もすると言われ、又お言葉に甘えることにした。

一・二十五

桂さんのお兄さんは、八時に来られ三十分後出発する。出国審査も問題なく通過し、待合室でフライトまで待つことにする。三十分遅れのようだ。これでやっと日本へ帰れる、感慨無量なるものあり、海南島からずっとゴタゴタであった。色々高くついた経験であった。

関空に着き、伊丹行きのリムジンバスを一時間待ちして乗り込む。伊丹から川西行きのバスも一時間待ちであった。川西で夕食を取りタクシーで帰る。三か月ぶりの自宅である、嬉しい。卓也が来てちゃんとしてある。川西は寒いとは聞いていたがとても寒く、我が家の隙間風のひどいのに驚く。

六　再び勉学の日々

二・二十六

朝六時半起床。中国へ出立の日。家の中を片付け、荷物を用意する。弟の義弘が八時半頃来て、荷物の多いのに驚く。家を出るときに辻さん、中島さんの見送りを受ける。関空へ十一時四十分到着する。少し休憩をして十二時四十分ごろ通関、荷物五個は多い。二人で五十ｋｇ、十ｋｇオーバー（エコノミークラスは一人当たり二十ｋｇまで無税、ビジネスファーストクラスは四十ｋｇまでＯＫ）で七〇〇〇円の追加料金と言われ、一つだけ機内持ち込み（**十ｋｇも？　大変ですね～高齢者**）にする。

広州に無事に着き、通関も問題なく、荷物も順調に受け取る。桂さんのお兄さんが迎えに来て、留学生楼まで送って戴く。彼のそばには感じの良い彼女（結婚相手）がいた。二階まで荷物を運んで頂いた。本当に有難うございました。

二・二十七

朝から将先生に会いに行く。先生は忙しく、明日午後三時に会う約束をする。

二・二十八

午前九時学校へ、本日より筆を持つ。①北魏司馬悦（しばえつ）墓志**（北魏の官僚・軍人（４６２～５０２）で伝記、功徳を記して墓の中に埋めた石碑）**②李建中墨迹（りけんちゅうぼくせき）**（北宋の書家（９４５～１０１３）の筆跡）**③石祷弔法（せきとうしょほう）④王羲之（おうぎし）**（東晋（３０３～３６１）の政治家、書家）**蘇君の指示で、自分の好きな手本を選んで書く。北魏の字はなかなか難しい。午前中練習して帰る。午後三時将先生の所へ。午後四時頃アイメンさん来校、私たちの通訳をしていただき、宿舎費及び公安局に提出する書類も出来上がる。顔写真を二枚用意。三月三日（月）八時半学校で将先生と落ち合い、公安局へ連れてもらうことになる。

三・一

昨夜は少し冷えた、足がぬくもらない。家内は少し風邪をひいたらしい。少し蘇君の楷書と行書に挑戦しよう。

三・二

夜中に蚊がいるといって大声を上げた、夢であった。朝十時頃、龐先生のお兄さん夫妻が来られ、昼前まで雑談。昼食はおかゆを食べて昨日写した写真を頂きに行く。写真を見て本当に年を取ったことをひしひしと感じる。もっと若く撮れていると思ったのに仕方がない、あるがままに生きよう。**（そうそう、それなりのお年なんだから）**

三・三

八時四十分将先生と公安局へ出発、お陰様で書類は通る。ただし、パスポートのビザの日付が少しおかしいようだ。いずれにしても七日間の臨時滞在証が発行される。途中、授業料の支払金のため、中国銀行に立ち寄る。パスポートを持ち合わせてなかったので、先生の名を借りて一〇〇万円を人民元に交換することにする。一枚だけ少し破れていたため九十九万円の換金になったが？**（どうして、信じられない、本当に？）**寮費も二〇〇〇元仮払いをして、午前は終了する。

午後三時頃教室へいき、王見先生に久しぶりにお会いして土産物を渡す。蘇君にも渡す。お父さんには焼き物を届ける。夕食後、家内は教室へ、前期の仕事がまだ残っているらしい。午後七時ごろ韓国の伊さんから電話がある。現在緑内障で病院に通っている。医者からは一年間は絵を描いてはいけない、眼を酷使してはいけないと言われているらしい。家内にも気を付けるよう電話があったことを知らせる。

三・四

午前中行書を書く。蘇君の説明はよくわかるが、どのように大きな字を書けばよいかわからない。大変難しい。崩し方もよく知らないと迫力が出ない。午後三時誰もいない。五時まで行書の勉強、そしてその帰りにライターを一元（十五円）で買って帰る。蚊取り線香に火をつけるため、午前十一時に帰って領事館に電話を何回もかけたが通じない。教室で身体全体が冷えるので、帰ってチョッキをはおる。桂林も長袖が必要ではないかと思う。

三・五

午前中一枚、午後一枚、行書二枚を仕上げる。少し以前書いた字を勉強する必要がある。午前中家内に十一時に帰るように言われ、帰って待っていると、そんなことは言っていないとのこと。少し自分がおかしい、少し気を付けよう。

三・六

こちらに来て一番の寒さで電気ストーブを出す。箕浦（みのうら）領事以下お世話になった皆様にお礼を言うため電話をするが、通じないので会えるかどうか疑問に思って伺ったが、おられたのでお礼のあいさつをして辞す。昼食後、広州美術館へ行く。大変良い勉強になった。

三・七

家内は郵便局へ、小生は教室へ行く。十時半ごろ家内が、そして一天君が久しぶりに来て大変華やかな雰囲気になる。昼前預金をしに中国銀行へ行く。何とか話が通じて預金通帳を作成、何とかなるものだ。

三・十四

九時教室へ。昼食は二〇五号室の方と伴にする。午後は日本領事館へ長期滞在届を出し、その後、桂林旅行のための買い物をして楼に帰り、四時頃再び教室へ行く。

七　桂林校外学習

三・十五

朝九時頃、将先生の誕生日の花を買いに近くの花売り店に出かける。学校に届けに行ったが、土曜日で休みのため帰る。家内が将老師に電話で、誕生のお祝いをしたい旨中国語で伝えて、留学楼にいるので来てほしいとの言葉が通じたのか待機する。そのうち将老師が来られてお花を渡すことができ、大変喜ばれてよかった。

昨日買ったひげそりが壊れているのに気が付いて、中国の女のひとが「交換してあげる、午後三時か四時に持っていきます」ということで、桂林出発の前に間に合い良かった。

午後四時半、正門前集合のため、四時十分楼を出発、四時二十分に着いたけど誰もいない。少し周りを捜したら既に一人だけ来ておられ、それに合流し、地下鉄の最寄りの駅に行く。そこまで荷物を知人の中国女性に助けて頂き、初めて中国の地下鉄に乗る。新しいのでとても快適である。広州駅で下車する。まだ待ち合わせている王さんは来ない。そのうちに全員集合して、六時二十分頃特急寝台車に乗車。九時ごろまでワイワイと話をし、十時就寝。夜中にガタガタ大きく揺れるので地震かとびっくりした。桂林に近づくにつれて足元が冷えてきた。久しぶりの寝台車に懐かしさがこみあげてきた。下段の方がいいけれど……。

三・十六

午前八時半、待望の桂林駅へ到着、重い荷物を背負って少し手伝ってもらいやっと着く。駅を出て桂林の若いガイドさんが来るまで待つ。その彼に先導してもらい安いホテルに到着する。私は張さんという人と同部屋、家内は王ヤンという女性と同室。

午前十時、水墨の市を見学。行くのにオートバイタクシー（安い荷馬車）を利用する。早く買い物をして、珠江に出て筏に乗って象花山付近に行く。標高三〇三ｍの象花山に登る。記念撮影をして記念塔にも上り、下山する。五人で自由行動、昼食を食べてホテルについて寝る。午後三時より別の古物、その他掛け軸等の場所を見学。二名がはぐれて探し、別々に分かれて午後五時過ぎにホテルに着く。夕食は皆と一緒にして楽しかった。明日は八時半出発。各人シャワーを浴び、明日の準備。

T. Ichimoto

三・十七

六時半起床、八時半出発。途中朝食を済ませ、広西（こうさい）師範大学（**桂林にある公立大学で在学生二万数千人**）構内でスケッチ、散開して思い思いに場所を選定して描く。伏波山（ふくはざん）（**桂林を縦断する漓江西岸にある奇峰**）を描き始めると雨が降り出してきて、店じまいとする。その後、知り合いの画家と会い、車に乗せられ、画家の家まで連れていかれ、また慌てて元の場所に帰る。十二時を過ぎているのに王ヤンは描いている。大学の食堂で二・五元の弁当を食べる。食後スケッチを再開するも、なかなか構図がうまく描けない。寒くなってきたので皆早く終わりにして、四時頃正門に集合してホテルに帰る。冬のジャンパーを準備してきた事は大変良かった。広州の女の人に感謝しなければ、ありがとう。

夕方、班長他独りを除いて六人で夕食をとる。各人各々、本日描いたものの仕上げに頑張っている。班長は高いところに上がって描いたらしい。中々よくできている。帰る途中は素晴らしいところを歩いて帰る。

三・十八

本日の予定がわらない。七時過ぎに起床するも、隣の張さんはまだ寝ているので再度就寝。午前九時起床。途中朝食を済ませバスで目的地へ。バス代一人当たり一・五元（二十三円、安い）。十時半過ぎ、芦笛岩（ろてきがん）**（桂林の西北郊外、光明山にある鍾乳洞）**農村に到着する。朝食にうどんとパンを食べたので、昼はお腹が減らずスケッチに熱中する。夕方少し寒くなったので、早めに発ってホテルに帰る。夕食は桂林の先生を招待してホテルの前の店でいただく、華やかな食事であった。午後九時頃解散。

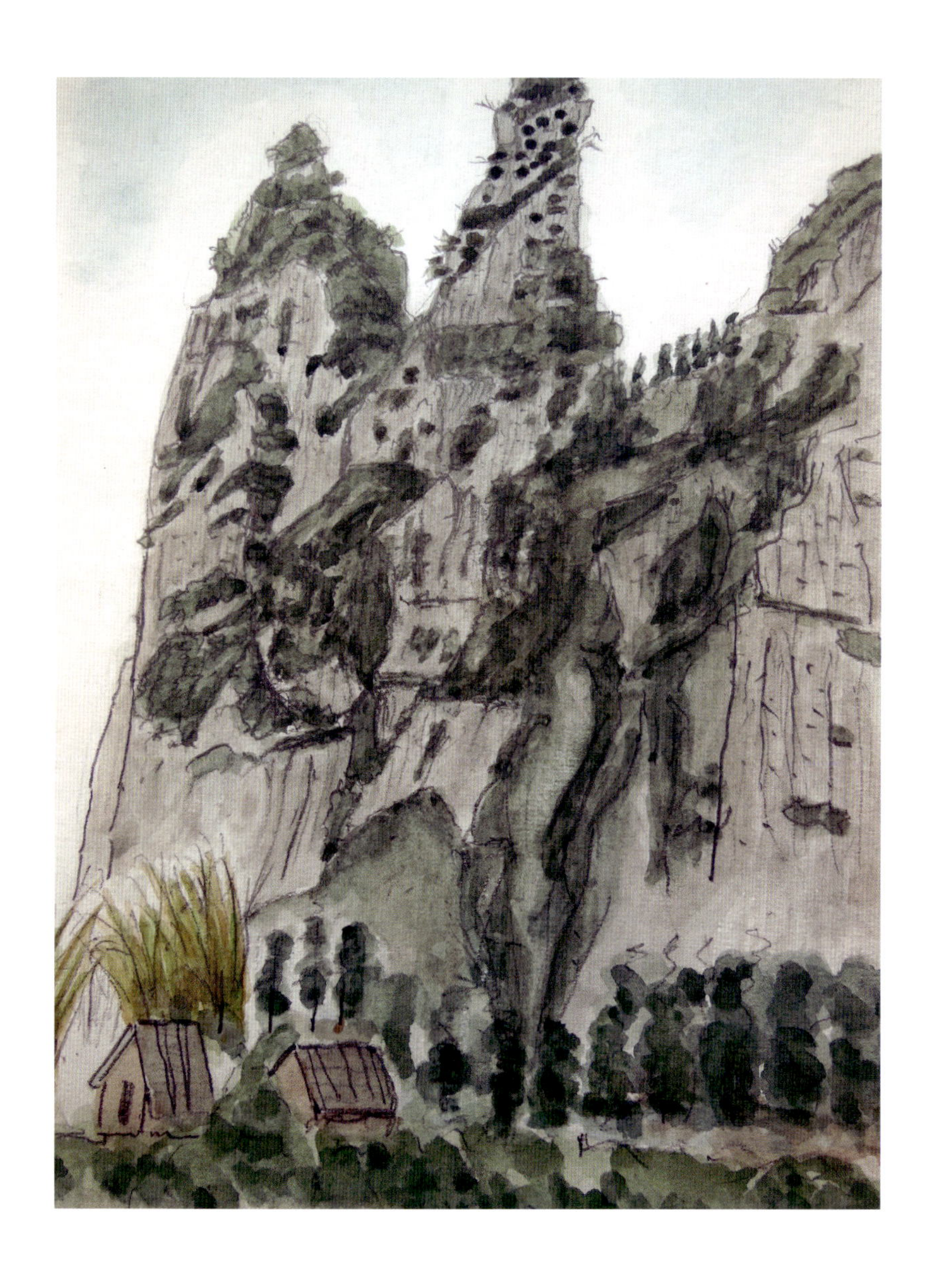

三・十九

本日は一日中部屋で今まで描いた絵の修正。午後九時頃、王さん達とタクシーで桂林の観光ホテルに行き、日本の友人が来るのを待つ。待てども来ない。十一時になっても来ない。受付に聞こうとするが言葉が通じない。何とか聞いてみると最後の便で来るらしい。そして最後の車に四人乗っていた。あれやこれやと話をして、とても懐かしさ一杯であった。

三・二十

朝からバスで大宇という場所に行く。歩いて漓江のところへ行き、班長組は船で渡る。私たち六人は渡らず手前でスケッチをする。夢中でスケッチをしていたら地元の人達がそばに寄ってきた。描き終わって一同集まる途中、水牛がいたので写真を撮ろうと捜したがカメラがない。夢中で描いていたので、少しの間に盗られたに違いない、残念。趙さんたちが捜してくれたけどない。長いこと使用したミノルタカメラを失う。残念、カメラよ、すまん。

三・二十一

朝から阻朔(そさく)に行く準備。日本から桂林旅行に来た人たちと会えなくて残念に思っている旨を、家内が桂林出身のりーぜの恩師の奥さんに話したところ、奥さんが「何とか致します、今夜泊まって、明日の朝のバスに乗せ、電話で連絡をする」ということで、一晩泊まることになり皆さまを送り出した。私は書を書き、家内はスケッチの整理をしていた。

午後四時頃りーぜが来て十時出発、阻胡に行くことになり、午後八時から日本の友達と先生の奥さんと一緒に、出発まで楽しく会話を交わした。桂林駅前から十時出発するバスに乗りこみ、十一時四十分目的地に着き就寝。

三・二十二

朝八時起床。雨の中、近くの新築の建物の中からスケッチ。水彩はなかなか思うように描けない。水墨画は遠近感が出て素晴らしい。残念だが今の小生の力では及ばない。家内はスケッチだけ、水墨画を描けばよいのにと思う。

三・二十三

家内のお友達が日本へ帰る、フライト時間九時三十分だそうだ。朝八時起床、八時半出発、歩いて三十分で目的地へ到着、描き始める。昼食は弁当。午後は雨、残念ながら待機。
桂林のお友達が油彩を描きに来られる。なかなか売絵はよくできている。雨の小止みの時に描いたが、なかなか複雑で上手に描けない。時間が過ぎてゆくだけ、残念。現場に忠実であるべきだと思うが、適当に描けなくてどうあるべきか自分で悩む。

三・二十四

宿舎から歩いて三十分ぐらいの所へ行く。途中開いている店で朝食を済ます。一元だった。陽朔の町の中を歩いて目的地へ行く。漓江下りの船着き場付近でスケッチ、なかなか素晴らしい風景である。昼食は町の中で担当の老師を迎えて頂く、乾杯。中国のしきたりはよくわからないが、楽しい。少し高級な昼食、美味しかった。午後二時半よりスケッチ。六時に引き揚げて人力車に乗り宿舎へ帰る。夕食は全員老師を囲んで頂く。食後老師のお話を聞いて午後十時半散開する。

三・二十五

八時半起床。今日も途中開店の店で朝食をとる。歩いて昨日老師と会食した店に寄り、老師と一緒に車に乗り現場へ。漓江を舟で対岸に渡り、午前中は老師の実演で説明を聞き、午後は各人老師の描いた場所かそのほかの場所を描く。私は反対の山を描いてゆく。しかし水墨画は色の濃淡で表現をする技法でなかなか難しい。老師のスケッチは実際が七分、残り三分は自分の計画を入れる。私のスケッチはどうだったか？　現場へ横笛を売りに少女、青年がやってきて、青年が懐かしい歌を吹いてくれて楽しかったが、一本だけ王女史が二十元で買っただけで気の毒であった。帰りは漓江を舟で渡り、少し歩いて単車の人力車に三人ずつ乗って帰る。日中はたいへん暑く、カッターシャツで大丈夫だった。

三・二十六

八時半出発。暖かいので下は半袖、上は柿色のセーター、白いチョッキを着る。いつもの食堂で朝食。油で揚げた長い菓子パンを食べる。久しぶりに豆乳を飲む。ラーメンはいつものもので少し慣れた。ここから単車タクシーを拾って、途中郵便局に寄り日本の桂先生に電話。先生は風邪による高熱で体調を崩され、今回は来られない。広州に悪性の風邪が流行っている。王さん、私達夫婦の三人で昨日の目的地へ単車タクシーで行く。渡船で渡る途中、パンとミカンとザボンを二個買う。老師も現地に来られ、家内のグループは昼前に成果物を見てもらい批評を受けた。老師は昼食のため宿舎へもどる。私たちは買ってきたパンをかじりながら頑張る。私は昨日の絵の色付けを午前中にして、午後は水上生活者の舟を描く。対岸の家と山のスケッチ、色付けは途中でやめる。夕食はいつものとおり六人のメンバー、食堂で食べる。美味しい。夕食前にシャワーを浴び気持ち良い。洗濯物が乾いている。

三・二十七

宿より反対側に歩き、三叉路で人力車を拾い、イエライシャンに行く。観光の人達も行く人気スポットで、景色もよく大変良かった。食事も美味しかった。水彩は私独りで指導を受けていないので、山の処理はどうして良いかわからない。適当に処理しているが……。

三・二十八

起床七時半、八時半出発。昨夜からお腹の調子が悪く下痢気味、朝になっても調子が悪く、朝食を抜く。昨日と同じ橋のたもと、国道沿いでスケッチをしていると、日本からの旅行団体と出会う。聞いてみると神戸の人、あまり時間がなく、皆河原へ行き写真を撮りに行ってしまう。私は昼食を断ってスケッチに専念するもなかなか上手になれない。小腹がすいてきてパンを求めて店を捜したが、ないので食事を抜くことにする。

午後グループは竹の筏で各人スケッチ、私も乗舟して描く。地元の十四歳の少年が来て喋ったり、歌ったりと楽しいひと時であった。二枚スケッチを描く。一つは橋のあるスケッチで、それを見た班長さんが見かねて自分で筆をとり描いてくれた。本当に嬉しい。全然指導を受けていないので本当は何もわかっていないのである。

夕方、オーナーと色々と話をする。中国茶をご馳走になり、記念にと、家内に印鑑二本サービスとして頂く。オーナーが十二歳の時、両親を亡くし、現在四十歳、一所懸命努力して旅館業をするようになった。奥様は商工会議所に勤めている。子供は中学一年生、なかなか優秀らしく、将来は北京大学あるいは光華大学に行きたいらしい。一時間ぐらいお邪魔して、明日の移動のための準備をする。グループのメンバーは最後の夜だから町へ遊びに出る。私がお腹を壊しているので失礼して、私達夫婦の部屋で待つ。十一時頃帰ってきた。

三・二十九

朝七時起床、八時朝食、そしてバスで移動。渡し場所の町まで来る。渡し場まで荷物を運び、待つこと三十分、老師グループが来たので船を借りて対岸の宿泊所へ船をつける。そこから歩いて十分で到着。珠江（しゅこう）の土砂が堆積してできたところで、宿舎は三人部屋だ。午後は十人が一緒に食べる。美味しい。二時半まで一休みして三時より屋上で老師のスケッチ指導を受ける。土地が故郷（島根）の畑のように砂地で野菜もよく育ちそうだ。蜜柑の木が多く、周囲は山水画の世界だ。素晴らしく大きく広がる山のヒダを描くのはなかなか難しい。

三・三十

七時十五分起床、八時半朝食。牛乳、卵、そして竹の皮で包んだもち米ご飯、珍しい。屋上で老師の指導。途中小雨もあったが、大したことはなく午前中の学習は終わる。いつもの見知らぬ人が来られる（老師のお友達？）。

昼食後は皆で歩いて渡船場に行き老師の説明を聞く。午後は昼寝をして、他の人は漓江の湖畔でスケッチ、私たちは三時から屋上で学習する。後から老師が屋上に上がってこられ、老師もスケッチをする。家内は老師に見てもらい一部加筆してもらう。此の地へ来て初めて絵具を使う。

三・三十一

七時半起床、八時半朝食。渡船場に着き場所選び、老師のスケッチによる指導、現実より違う創作を三割ぐらい入れるとのこと。午後は各自学習、老師の指導により成果をまとめる。二階のベランダで老師を囲んでの話し合いは、中国語ができないのでチンプンカンプンだ。王ヤンの話で明日六時出発らしい。朝食は船で食べるとのこと。各自部屋に帰り就寝。電灯をつけっぱなしだったので沢山の虫で大変、蚊もいるので蚊取線香もつけて……。

四・一

朝五時半起床、荷物を背負って未だ薄暗い小道を渡船場へと黙々と行く。貸し切りの船に乗り桂林方面へ逆上する。朝もやの中少し肌寒い。約一時間走って目的地へ着く。漓江の堆積した土砂のおかげでよく野菜が育っている。田舎の細い路を通って村の中心地に出る。田植えの苗作業が行われている。午前中各人水路の上で近くの山をスケッチ、一部色を入れる。昼食は田舎の食堂で摂る。

午後は午前描いた小さな店の前でスケッチ、家内、老師も描いている。老師は各自の指導をされ、午後五時作業を終える。朝着いた場所へ五時半集合。船が来ないので河原で待機、待つこと三十分以上、六時過ぎ迎えに来る。船の中で老師のスケッチブックを見せてもらい感激する。夕日が沈む桂林を船上で見て大変感激した。大きな山の間に小さく沈んでゆく様は本当に素晴らしい。美しいの一言に尽きる。あの（様子）風景が描けるか、頭の中に入っているのだが？　また思い出す。カメラを盗まれて本当に残念、私の不注意によるものだが……。

シャワーを浴び今日の汗を流し、本当にすがすがしい。

四・二

朝七時半起床、八時半朝食。宿舎屋上でスケッチ、今までの修正、色付け等々。下痢が少し強いので夕食を抜く。

四・三

朝七時半起床、八時半朝食。午前中、老師から渡場附近のスケッチ指導を受ける。昼食後昼寝をする。家内は水墨で描き老師の指導を受ける。李さんから下痢止めの薬をもらう。

四・四

朝七時半起床、八時半朝食。二人で渡し場へ行き水墨、水彩を描く。途中雨が降り出してきたので傘をさしながら描くが、さらに強くなってきたので宿舎に引き返す。

四・五

朝八時起床、九時頃朝食。九時半ごろバスセンターへ移動し十時四十五分発車。午後一時半頃、到着後荷物を下ろし、村人に運んでもらう。

四・六

老師はタクシー、私たちはバス、阻朔で乗り換え桂林まで移動する。十時出発、十一時半到着する。昼食後私たち二人はホテルで昼寝、初めてのホテルである。

四・七

朝七時半起床、日を一日間違っていた。今日は宿舎の周りでスケッチ。そこで東京からのツアーの人たちに出会う。色付けをして夕方、下の場所からスケッチをする。

四・八

朝七時十五分起床、張さんは早く起きてスケッチをしている。私は宿の付近でスケッチ。午後五時より昨日のスケッチに加筆する。

四・九

朝七時半起床、霧が多く視界悪し。若者は外へ、老年者は宿舎の中、近くの家々、周りの風景の水彩を描く。午後五時頃、鳥取県西伯郡（さいはくぐん）の一人旅の女の子と出会う。ニュージーランド、オーストラリアなどを旅し、今回は中国だそうだ。

四・十

朝七時半起床、時々雨が降るので近くで写生する。午前中洗髪をして、午後スケッチ。昼過ぎ鳥取の一人旅の女の子が来る。午後十時雷で停電。

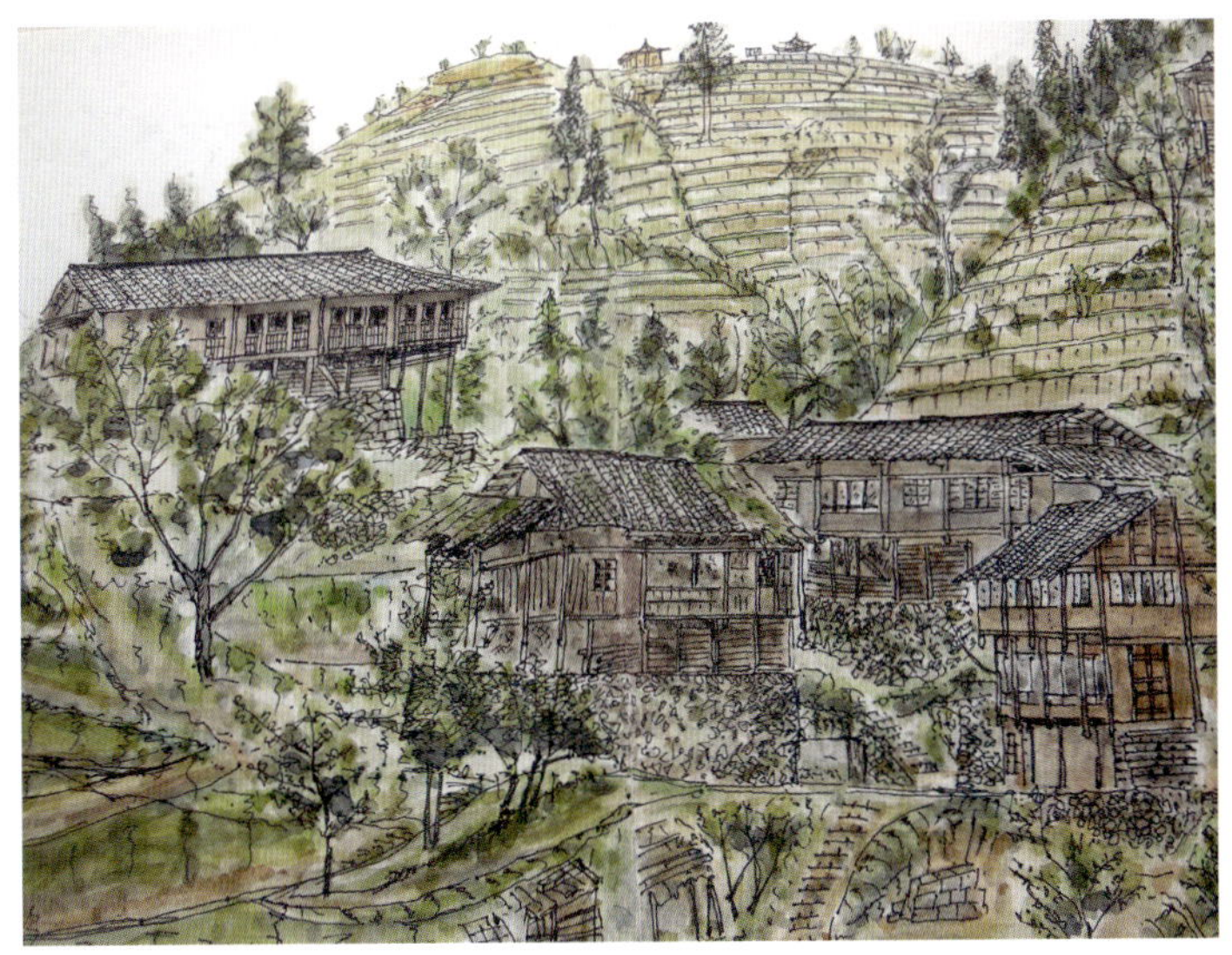

四・十一

朝七時起床、張さんに付き合って起きたが、皆はまだ寝ている。彼は黙々と作業をしている。努力家だ。また午後、鳥取の女の子が来る。明日から二日間移動して麓の写生だ。

四・十二

移動して麓の風景の写生、二日間宿泊する。宿舎側、山の中腹辺りでスケッチ、そして帰って久しぶりのシャワーを浴びた、気持ちいい。

四・十三

朝七時半起床、少し肌寒い。十時、昨日の場所でスケッチ、午後は色付け。明日は移動だ。今日の最後の夕食は美味しかった。

四・十四

移動の予定が一日延びて明日になる。午前は宿で、午後は外でスケッチ。今日はポカポカと暖かい。鳥取の女の子が歩いて山までカギを返しに来る。

四・十五
朝七時半起床、今日は少し寒い。全竹壮寒を九時出発、途中バスを乗換えて一気に桂林のバスセンターへ十一時半到着する。車中尿意を覚え、我慢の限界。着くなりすぐさまトイレに走る。

ここからは**夫の隆幸の日記から百合枝の文章**に変わる。重複するところがあるが感じ方の違いを見て頂きたい。

三・十六
午前八時半着。桂林の水墨画の市を一日中見て回り、大変勉強になり楽しかった。

三・十七
午前八時出発。広西師範大学の中でスケッチ、その後画家の家に招かれ作品を見せてもらう。小さい絵を一枚購入した。少し高価だったが、良い思い出になった。広師範大は誰かの宮殿跡地で、スケッチしたい場所がいろいろあったが、時間が足りなかった。

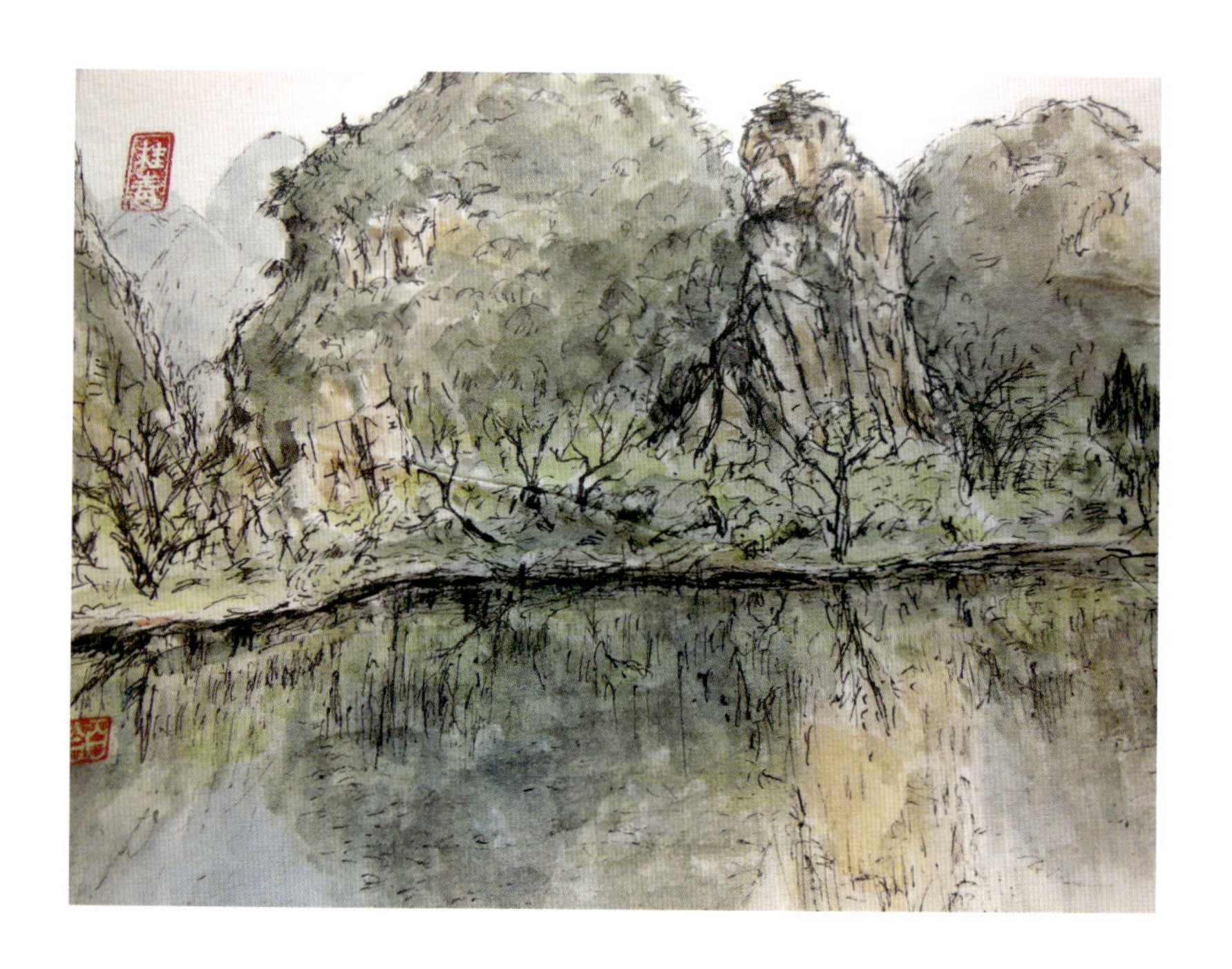

伏波山

三・十八

今日の野外学習は阻朔(そさく)公園で、自然が多く取り込まれ、どこを散策しても美しい。観光客や柚子売りもいて、長閑なので何枚かスケッチできた。最後の一枚は公園の中にある特別高い山が、縫うようにそびえ立っているのが、なかなか面白い組み合わせだなあと思い描き始めたら、急に雨が降り出し慌てて目の前の空き家に駆け込んだ。どこからか一人の洋画家が飛び込んできた。

「急に雨が降り出してきて残念ですね」と片言の中国語で挨拶をすると、そのうちお互いの絵を見ながら片言の単語で雑談し、通じたり通じなかったりの国際交流？　それなりに雨のひと時を楽しんだ。因みに心惹かれたあの高くそびえ立っていた山は、独秀峰という有名な山だった。

独秀峰

阻朔（そさく）公園より

阻朔（そさく）公園より

三・二十

　バスで統制が取れていないので、班長組と別れる。班長は渡し舟で他岸へ行き、私たちはこちらで描く。前方のこしき岩という名前の昔の蒸し器の形をした面白い山を背景に、広い河原で放牧されている牛達が、のんびりと草を食んだり寝そべったりしている。そののどかな風景を描くことにした。カメラでスケッチ箇所を撮って、河原にカメラを置いていたら地元の中国人に盗まれる。自分の不注意によるものだが。午後は、歴史を感じる古い村の中を散策し、小川にかかった石の太鼓橋の上から向いの家々をスケッチした。古民家だがどの家も大きくて、しっかりした豊かさが感じられる。聞くところによると、昔一時期方々からいろいろと産物が集まり、大きな市が立ち、ずいぶんと栄えた街だったそうだ。やっぱり、とうなずけた。

三・二十二

今日もどんよりとした空模様だ。連泊しているペンション三友の近くの農村で、スケッチ学習することになったが、村に着くと折り悪く小雨が降り出し、少々肌寒いので農家の軒先を借りて、風景をスケッチしていたら、家の人が出てきた。

「増築中の部屋の中に入って休みなさい」と親切に声をかけてもらったので、中に入ってみるとまだ土間のままの土の上に足場を組んで、三人の左官屋さんが壁塗りの真最中だった。三人の動作が「サーホイ、サーホイ」とあまりにもリズミカルで、まるでモダンダンスを見るようで楽しく、思わず見とれていたが、はっと思い出し大急ぎでクロッキーさせてもらった。外の風景はグレーの世界だが、阻全独特の山が面白い。

古民家的一部

三・二十七

村の入り口辺りにある小さな公社（門衛）を通って月亮山（げつりょうさん）村に入るとき、長閑な田園が広がり、面白い形の山々を背景にした農家が点在し、角度を変えて振り返ってみると、有名な月亮山の山頂にぽっかり丸い大きな空洞があり、その向こうに空が見えた。見る角度や時間帯によって、満月に見えたり、三日月に見えたりして人を楽しませてくれる。月亮山村の名前の由来は、この珍しい山からきている。この村は人口が少ないのか静かな村で、家の壁面は煉瓦と白い土壁で造られていた。日本の農家と建築様式が異なっているのに、なぜか日本の古民家に似た共通の懐かしさを感じるのはどうしてだろう。

今日は、村を通り抜ける道路わきの茅葺の露店で昼食をとった。山菜入りの素朴な麺だったが、皆で食べると楽しくて美味しい。

このスケッチから次のページの大作へ

漓江夕阳

校外学習のスケッチ旅行は桂林に始まり桂林に終わり広州に帰る（三月十六日～四月十六日まで）。その間、漓江につかず離れずで、途中の村に泊まり色々な経験をさせてもらった。素朴な村人の温かさに癒された思い出深いスケッチ旅行だった。

夫の担任教授王見老師と私の担任教授刘書民老師のお二人の許可を得て、夫は私たち山水画の研修課のグループ旅行に同行させてもらうことになった。

この一か月間同じ場所で描くことも多く、自然と夫の絵を間近に見る機会が増えて、良いにつけ悪いにつけ面白く勉強になった。私の独断、偏見かもしれないが、夫の絵は稚拙美があり、素朴で巧みでないところに、微笑ましく愛すべきところがあるように思われる。媚びることもなく強い主張もなく、ただ無心に「老いて又楽しからずや残り福」身を任せ、目の前の風景に親しみながら描いている気持が、そのまま絵に表れているのではと、思わずにっと笑ってしまう。上手下手は問題ではなく、夫の心の世界観が感じられる。絵も書も、作者の心の表現だが、それを見る人、受け取る側の心に投影された時は、十人十色に変わるだろう、それでいいのではないか。

どの村もあまり豊かではなく、食事も質素なのに、あの幸せ感はどこから来るのだろうか？　本当の幸せって何だろうかと、つくづく考えさせられた。

龍脊山は、広範囲にどこへ行っても大小の棚田が広がり、何百年もかけてコツコツと作られた棚田だろうなと思うと、昔の農民の労苦がしのばれて愛おしくなる。食事中一粒でも粗末にしたら申し訳ない気がした。優しい夕日に背中を照らされながら家路に向かう牛や農夫に、ご苦労様と思わず手を合わせたくなった。私たちが宿をとった村は龍背村という、特に美しい棚田が広がり、時々上ってくる観光客の人たちも感動の言葉を大声で叫んでいた。

この龍背村の成立ちは、他の民族との戦いに敗れ、遂に山深いこの辺境の地に定着し、現在に至っていると聞いている。この村に八日間宿泊し、八方目を見張る雄大な棚田に魅せられてスケッチに明け暮れたが、その間何かと村人と触れ合うことができ、親しみを感じた。村人は皆親切で優しく、民家の庭先を借りてスケッチをする時など、どこの家でも「これに掛けて描きなさい」と、台所用の腰掛けを出してくれた。まさに何十年か前の日本の農村を思い出すような素朴さと人間味を感じた。村人は何代にも亘り、一つ一つの山の形に逆らわず、山すそから一段一段と耕して山の頂上まで棚田にして、子孫のために少しでも食料を増やし、生活に困らないようにと、何代もの先祖が六百年余りの年月をかけてバトンタッチを繰り返しながら立派な棚田を作り上げたとのこと、感動した。苦労を重ね、長い年月をかけてできた棚田は、目をみはるばかりに美しく、大地にできた立派な芸術作品だと思う。できることなら、世界中の多くの人たちにも見てもらい、感動を分かち合いたいものだ。肥沃な大地が広がる水田とは程遠く、山奥を耕して天に昇るような、寒冷高地での農民の苦労は、察するに余りあるものがあり、自然相手の農耕なので、中でも太陽と雨の恵みに頼らなければ成り立たないし、祈る思いの六百年だったと思う。

私達の泊まった宿舎に、時々オーナーの姪の女性が赤ちゃんを背負い遊びに来た時、皆で抱っこをしながら「ウータ、ウータ」と名前を呼んで話しかけているのを見て「名前の字はどう書くんですか」と聞くと「雨多」と書くと教えてくれた。村人は、雨で土地が潤い、水田に水を引くことができるよう祈るような思いでいるのか、赤ちゃんの名前にまで願いを込めて付けたのだとの事、胸の奥がジーンとした。

ところで四月九日、この美しい棚田の村で夫は**八十二歳**の誕生日を迎えた。オーナーの奥さんが「めでたいことだ」と言って、お祝いに生きた鶏を一羽脇に抱えて帰り、「今晩は特別料理をご馳走する」と言ったので、クラスメートは皆大喜びした。私は谷を隔てた向かいの集落に大急ぎで走り、地酒の「桂林三花」を一本買ってきて、その晩は中国の歌と日本の歌などを皆で合唱し、思いがけなく楽しくて幸せな夕食であった。この美しい山頂の棚田の村で、思い出深い有意義な誕生日を迎えられたことは、夫にとって一生の中で一番幸せな思い出として脳裏に残るであろう。感謝感謝のひと時であった。

わたしは、若い頃の手術の後、しびれた不自由な指のリハビリにと念じながら好きな絵を描き続けてきたのだが、これまた押しつけがましい垢がたまっているような気がして、自己嫌悪を感じていた。この広い中国の大地に身を置き、名もない田舎のあぜ道に老夫と並んで絵筆をとっていると、自ずと反省することが多くて、悩みもなくなってしまい、こうして何とか、元気に二人そろって佇(たたず)んでいることの幸せを肌で感じるのであった。

九馬山という小山に囲まれた平穏な村のこの季節は、水田に水を張り、牛に鋤(すき)を引かせての田植えの準備真最中である。この空気の中に身を置くと、遠く海を渡って中国の奥地に来ていることも忘れ、何の不安もないのが不思議である。級友も目の届く範囲に散らばり熱心に筆を走らせている。

私達が水田のあぜ道に座りスケッチをしている前を、小さな手籠に白いゆずの花をいっぱい入れた若い母親と少女が通りかかり、珍しそうに立ち止まりしばらく絵を見ていたが、同じように畔にしゃがみ込み、何か話しかけてきた。言葉の意味が解らないので「スケッチブックの余白のところに書いて」と指で示しペンを渡したところ「どこから来たの」と書いたので「日本」と書いたら「初めて日本人を見た」と言ってびっくりした様子である。後はまた例によって筆談オンリー、早く中国語を覚えたいなー。
「あなたは何才」「私は十四歳、中学生」「今は農繁期で休校」「お母さんは四十歳」「今日は柚子(ゆず)の実がよくなるように柚子畑に花粉をつけに行くの」「おじいさんとおばあさん、お昼ご飯は食べたの」「まだよ」そして「お金はあるの」という質問に思わず「お金は少し持っているだけよ」と言ってしまった。ヨーロッパを旅した時、どこの国に行ってもスリには気をつけて、貴重品、パスポート、お金は取られないようにと、ガイドさんに注意されていたし、つい先日は、桂林から少し入った大坪という歴史のある町の河原でスケッチをしている時、夫は絵を見るふりをした二、三人のスリの若者に囲まれてカメラを取られてしまったところだったので、私は疑い深く、用心深くなっていたのだ。母娘の親子は、別に急いで畑に行こうともせず、のんびりと腰を据えてもっと話したいのか、スケッチブックの表紙に次々と言葉を探しながら書いていた。私も子供好きで、この素朴で可愛い少女の話し相手をしてあげたいのだが、考えて筆談するので時間を取られ、絵の方が進まなくなり、「もうすぐ十二時になるので、畑に行って帰りに時間があったらよってお話ししましょう」と促すと、やっと立ち上がり畑に向かっていった。

昼食は、皆で木陰に集まり、蒸しパン柚子とナツメで美味しく食べた．食後一服していたら親子が帰ってきた。母親は一足先に帰り、少女はやっぱり私たちが気になるのか「昼食は食べたか、まだだったら我が家に食べに来ないか」と誘ってくれた。私ははっとして、この少女は、私たち老人は、お金を持っていなければ昼食はないかもしれないと心配をしてくれて「お金はあるのか」と聞いたのだとわかり、悪い方に考えた自分が恥ずかしく、純真な少女に申し訳ない気がして心の中で謝った。近くに二軒農家があり、入り口の外に露店らしき木の机があり、その上に少しの駄菓子と山菜が並べてあり代金も書いてあったので「これを買ってあげよう」と言ったら「いらない。でもおばあちゃんが家に来てくれるんだったら、お菓子よりもこのナツメを三つ貰う」「来てくれなければ、何もいらない」という少女の熱心な誘いに乗って、家に行くことに決めた。

「ナツメはたくさんあるのでもっと持って帰りなさい」と言っても「これでいい」と言って三つ以上持たない。夫や級友たちは心配して、未知の村に行く私を止めたが、喜んでいる少女と肩を組みスキップをしながら、何の不安も感じず少女の家に行った。途中柚子の畑がとめどなく続き、少女はその畑の中の人影も見えないのに大声であいさつし「日本人と一緒に家に帰るのよ」というと、柚子畑の中から大きな返事が返ってきた。少女の家は想像していたより少し遠かったが、山すそを回ったところに五、六軒の一つでのどかに鶏が啼いていた。

集落の入り口に近い方に少女の家が左右にあり、左側の家に「どうぞ」と入れてもらったら、私と同年配かなと思われるおばあさんがいた。小さな木の椅子を勧める間、膝が痛むのかずっとさすっていたので、思わずあいさつ代わりに手を伸ばしてさすってあげた。お互い言葉は通じないが、心が通じているようでうれしかった。土間の真ん中に石と土で少し囲ったかまどらしきものがあり、お鍋が掛かっていた。少女がふたを開けると、中は空っぽだった。そこへ少女の弟と母親が、右の家から柚子を二つ三つ持ってきて剥き始めた。少女は持ち帰った三つのナツメを一つおばあさんに、もう一つは弟に、最後の一つは母親にあげると自分の食べるのは無い。どうしてもっとたくさん無理やりに持たせなかったのかと、私は悔やんだ。どうも今日の昼食は、母親の剥いた柚子で済ませるようだ。私にも食べるように勧めてくれた。

少女に「おばあさんの歳は」と尋ねたら解らないといった。多分七十過ぎだろう。日本のおばあちゃんが来ているということで、近所の人がのぞきに来たりして、少女は満足そうな顔をしていた。筆談などをしてゆっくり皆で遊んだり、話をしたり、なじんでいると、級友の祭さんが土地の少年を道案内にして、心配顔で迎えに来てくれた。ほっとしながらも少々あきれているようだった。お土産に柚子を二つ貰ったので、何か少女にプレゼントをしたかったのだが、何も手持ちがなかったので、首に巻いていた新しいシルクのマフラーを外して少女の首に巻いて別れを告げた。なんどきまでも手を振って見送る家族の姿が懐かしい。無鉄砲な私の行動で何が起こるかわからない、申し訳ないことをしたと級友に謝ったが、夫からは厳しく怒られてしまった。

後日、大学に帰り、九馬村での体験をスケッチに描き、刻教授のご指導を受けながら、

卒業作品の一つに加えたいと思い、小さい絵から繰り返し稽古をして大作に仕上げたい。

橋の袂で名古屋のカメラ同好会の人達と出会った。日本の人達が懐かしかったが、言葉を交わすことなく、ツアーだからと、気忙しそうに何処かに行かれた。

川の流れが緩やかな岸に、筏が三、四隻留めてあった。クラスのリーダーの指示で、各自筏に分かれて乗り込み対岸の風景をスケッチしていたら、後方から元気の良い歌声が聞こえてきた。

振り返ると「垣に赤い花咲く、いつかのあの家」と田んぼの中を少年が唄いながら走ってきた。

懐かしいメロディーに思わず私も口ずさんだ。少年は唄い続けながら、筏に飛び乗って

にっこり笑った。私は日本語、彼は中国語で、お互い顔を見ながら絵筆をタクト代わりに繰り返し歌っていたら、心が通じ合い大笑いをした。歌には国境がないからいいな。（イングランド民謡）

少年は筏の上の椅子にのんびりと寝そべって私のスケッチを見ていた。私は筆洗いの水が汚れたので川の水を汲もうとすると、少年、「僕が汲む、おばあさんには危ないから」と水を度々換えてくれた。ありがとうとニコリ笑うだけの会話。僕は十四歳、中学生、今日は休校、父は遠くへ出稼ぎ、筏は僕のだから心配しないでいいよ。ほとんどジェスチャーで、たまに単語と筆談で、お互いの言葉ができないのに話が通じ合えるのが不思議、そして嬉しい。そろそろ昼食時間になる頃、他の

筏の鵜飼の持ち主のおじさんが来て、筏の賃料を少年の分も一緒に払うよう要求した。少年は一所懸命手を振り、いらない、いらないと言っていたがリーダーが払ってくれた。少年はしばらく遊んでいたが、名残惜しそうに、又口笛を吹きながら、田んぼ道を走って帰って行った。あの可愛い少年は今頃どうしているかな？　またいつの日にか会いたいな。

あの日も旅情を感じながら、幸せな時がゆっくりと流れた。

向岸にわたってみたいな、岸の向こうはどんな人たちが住んでいるのかなあ？　と眺めていたら、今日は朝から向岸に行くことになった。嬉しいな。川を小舟で渡るのに、行きは年配のおばさん、帰りは若い女の人が船頭さんで、上手に片櫓で舟を漕ぎながら渡して

くれた。乗舟した方を振り返ってみると、この町はまた別の趣きがあり面白い。

河原でのんびりと足を投げ出し、山や街をスケッチをしながら楽しむ。この川には、川魚を取る漁師さんがいるのか？　広い河原には引舟があったり、投網が干してあったり、川の流れの緩やかな岸辺には水上生活者の舟、竹で編んだ筏の上には大きな籠と鵜が乗っていたりと、どこを眺めてものどかな風景が広がり、心が癒される。老いてなおこんな至福の時間が残されていたのかと、遠い異国の空間に身をゆだねられ最高の幸せを感じる。

クラスメートは皆、近場で思い思いの方向を見て熱心に筆を走らせている。炎天下、昼食用の蒸しパンを食べながらペンを走らせていたら、朝からの上天気で午後は日差しがき

つくなり、水をがぶがぶ飲んでも追いつかず、無性に眠気が来て辛抱できなくなり、日傘を広げて草原の上に一寸ごろ寝をしていた。しばらくすると草がチクチクして目が覚めた。

午後は気合を入れて、大きな力強い龍頭鵜岩という山を描いた。大地にどっかり腰を据え、ほとんど木はなく、大きな岩が積み重なって出来た山は圧巻で、その中心は天に向かって龍が首を伸ばし叫んでいるような姿に圧倒されながら、集中して描いていたら少々疲れた。そして気分転換に右側の土手の上に駆け上ってみた。すると目前に畠が広がり、そのところどころに、農家らしき家が点在して、背後に美しい盆栽のように並んでいた。

土手の上では大工さんが、トントンカンカンと、小さな小屋を建てていた。「ここに腰かけて休みなさい。向いの山は、五指山と言って有名な山だから絵に描くといいよ」と親切に声をかけてくれた。

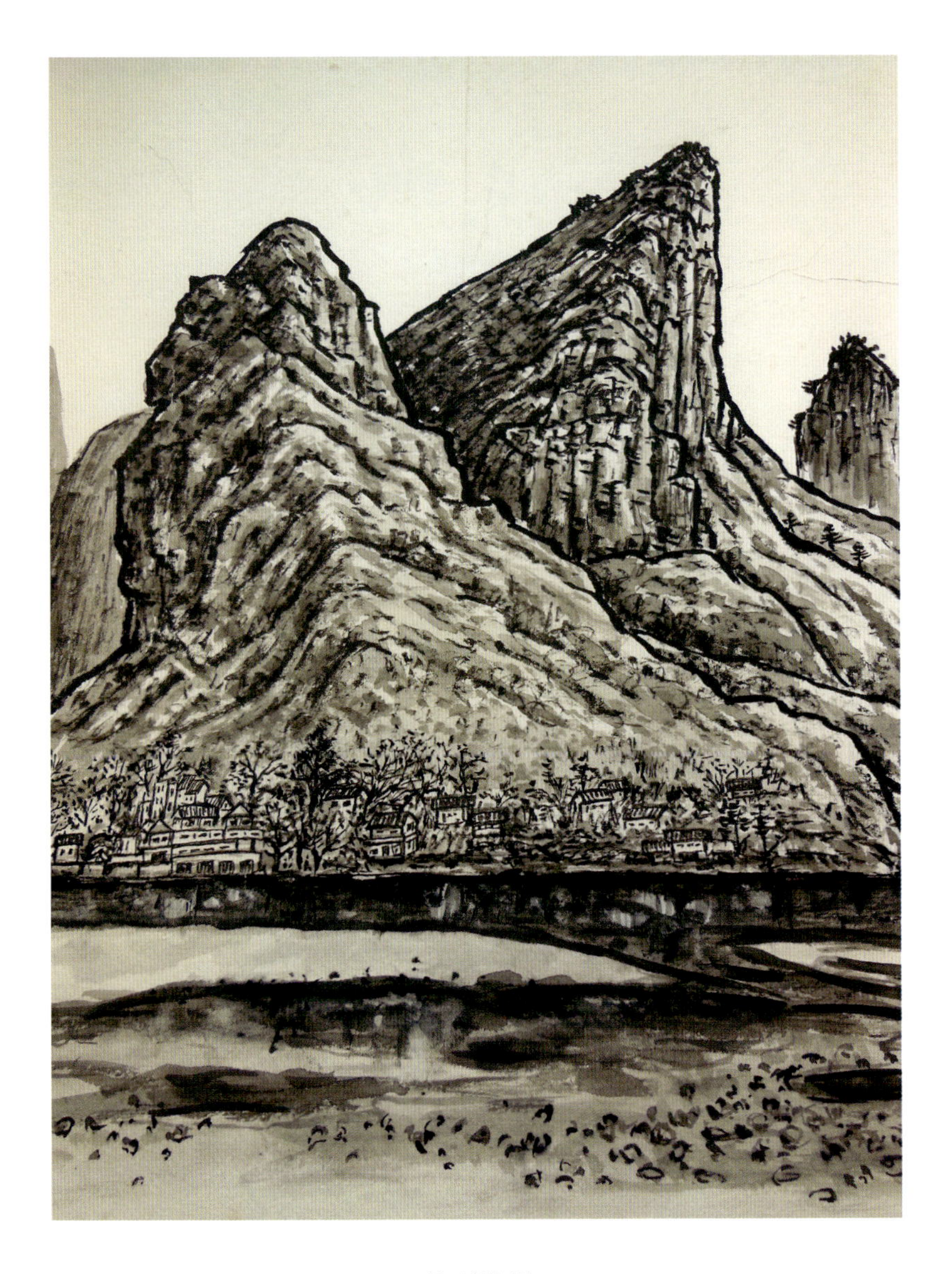

龍頭鵜岩

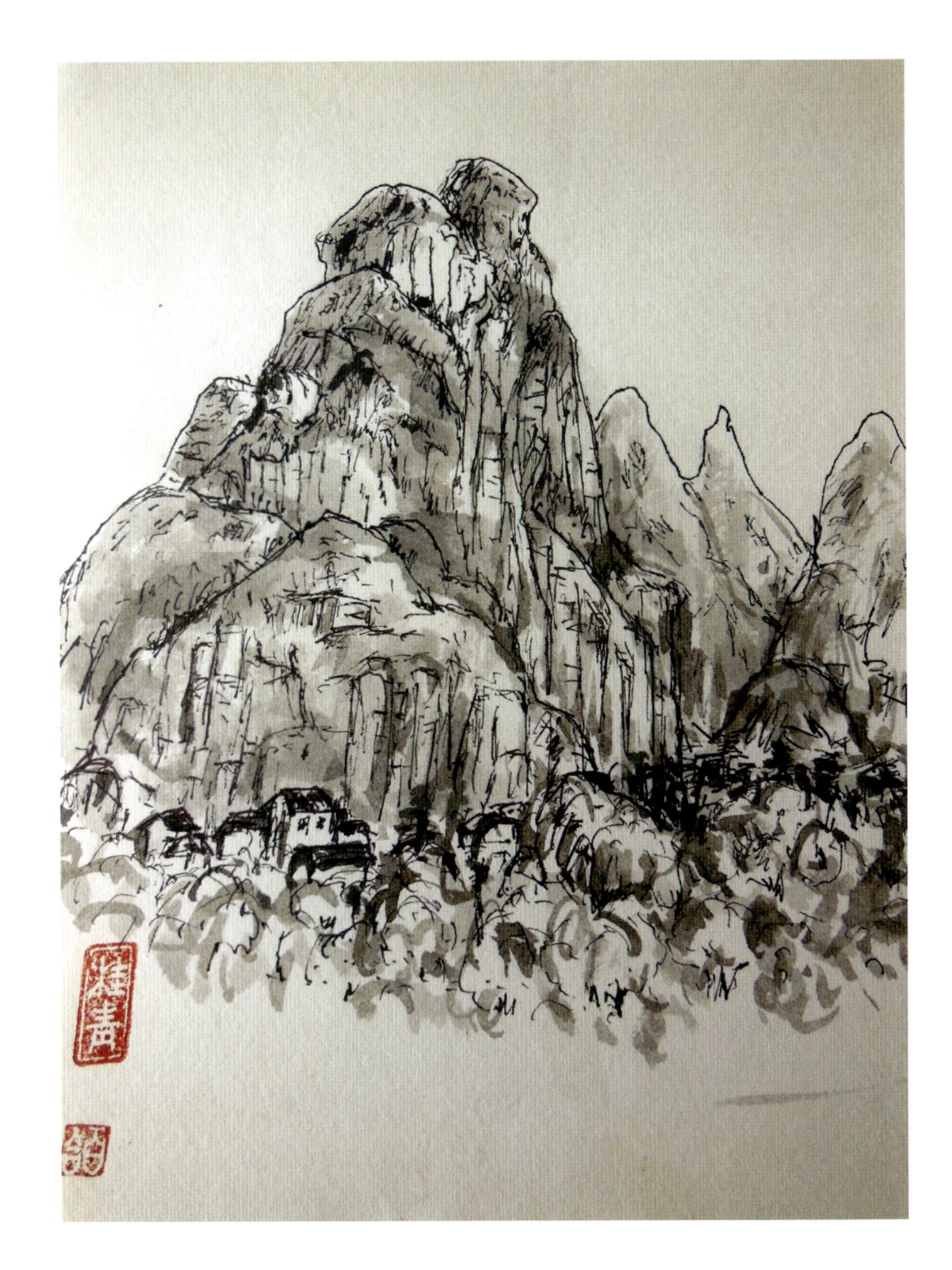

五指山

八　新型肺炎ＳＡＲＳ（サーズ）で緊急帰国

二〇〇三・**四・十六**

朝七時半、広州に帰り久しぶりに旅の疲れを休める。将先生が来られ、龐先生が心配しておられるので、電話をするようにと、伝えに来られる。

四・十七

久しぶりに七階の教室へ行き、蘇君、王見老師にも会えて、その後陳老師、呉さんにも会えてよかった。

四・十八

家内は午前中将老師にお礼の挨拶に行き、私は外で待機し、学園内を散歩して足を慣らす。午後四時頃、中国の女の人が来られる。

四・十九

朝八時起床、二〇五号室へ行き、家内と道具を運ぶ。誰もいない教室、家内が心配していた山水画があった。午後はフィルム二本を頼んで、山水画を描きに二時半教室へ行く。

四・二十

朝八時起床。掛布団にシミが付いたので床の大掃除をする。描け布団の洗濯などで午前中いっぱいかかる。午後三時より学校で水彩色付けを六時半までする。

四・二十一

午前中写真の整理。十一時半ごろ学校へ行くが、王さんと他一人だけ、誰もいない。弁当を一人分買って昼食。家内は宿舎で作業、午後三時より教室へ。

四・二十二

久しぶりに部屋の大掃除、一日中かかる。なるべく買い物も学園内でして外に出ない。学院に二名のＳＡＲＳ患者発生を知る。そして帰国の覚悟をする。

四・二十三

一日中家内と色々と話をする。本当にやりきれない。夕方、日本の龐先生より電話、学院から患者二名出たことを話す。帰る支度をしながら家内と明け方の四時まで話をする。

四・二十四

朝十時教室へ行き、蘇君にも帰国の話をし、王見老師にも勝手なお願いでの帰国を要請する。家内の教室に王さん来室する。逢坂さんが午後四時に来られる。

四・二十五

二〇三号室へ行き、将先生に帰国の挨拶、他三名の学生にもお別れの挨拶をする。午後二時半、中国銀行で八〇〇〇元（十二万円）を下ろし、額縁、部屋代の支払いをする。再び中国銀行で二一〇〇元下ろす。

四・二十六

朝六時半起床。

朝七時半留学生楼出発（CZ三八九、午前九時半フライト）。龐先生のお兄さんが迎えに来られ、将老師、香港出身の唐さんたちに見送られて楼を離れる。快晴の天気とは裏腹に、何かぽっかりと穴が空いたような虚無感に襲われる。空港にはたくさんの人が並んでいる。荷物検査、体温の検査をして、荷物六個のうち四個を預けて残り二つは機内手荷物で、一人二十ｋｇ以内でＯＫ。ほとんど満席、後ろの方の座席に座る。全員がマスクをしている。午後一時五十分関空に到着する。ヤレヤレ、万歳嬉しい。息子の卓也が車で迎えに来てくれている、有難い。途中堺の卓也の家に立ち寄り、我が家へ帰る。

龐先生に帰国の挨拶、又近所にも挨拶をする。いずれも皆様に不安を与えてはいけないと、電話での挨拶となった。一か月間、家から一歩も外出しないでおこうと思っていたが、主治医の三嶋先生が心配して家を訪ねてこられ、「二週間異常がなかったら大丈夫なので、安心して外出しても大丈夫、明日にでも病院に血圧のお薬を取りに来なさいよ」と笑いながら言われたので、気も心も安らぎほっとした。今までは人様にご迷惑をかけたくないとの思いで、自宅にこもっていた私達は、魔法が解けたように心も体も癒され、楽になった。

しかし、中国ではなかなか新型肺炎が収まらないのか、二か月過ぎても連絡なしで、このまま経過すると七月は卒業月なので、このままでは学べないどころか、再会も果たせず日時が経過してしまった。こんなに長い休学になるとは思っていなかったので、残念だ。

九　一年後、再び広州美術学院へ

二〇〇四・四・十一

午前十時半、自宅を出発。辻さんご夫婦に見送られる。桂さんが待っている蛍池に廻る。十二時二十分頃関空に到着。また荷物重量オーバーで一つを手荷物にする。見送りの卓也達に手伝ってもらい助かる。

午後三時のフライト。平穏な旅立ちだ。機内食、そしてビールを飲み快適、家内は昼の遅い食事（寿司）がこたえたのか機内食は箸が進まない。

午後五時五十分、荷物を受け取り、出口で龐先生のご主人とお会いして、車で学生楼まで送ってもらう。その道中は今までに比べ、大変長く感じられた。学院の玄関も意匠替えされ綺麗になっていた。楼の受付の女性も再会を喜んでいた。案内された部屋は、去年まで利用していた部屋でほっとした、良かった。家内は腹の調子が悪く胸がむかむかしているようだ。シャワーを浴び早めに寝る。荷物五十ｋｇの半分近くを運んでいくのは相当こたえたようだ。土産物、学校の手配などの準備で忙しい。

四・十二

七時起床、家内の調子はもう一つ。食堂にパン、豆乳、水を買いに行く。食堂もひっそり一か所店を出しているだけ。家内は部屋で横になる。午後二時半より行動を起こす。五十万円を中国銀行へ入金。前使っていた七〇三号室に（隣の院生から聞いて）蘇君がいることを知り再会する。図書館の一階広場、三、四人で書くなかに一人大変素晴らしい人がいるのに驚く。その筆さばきの凄さに驚き、しっかり勉強しようと思った。一人の人に通訳をしてもらい大変助かった。二階の院生よりテレフォンカードを二一〇元で一枚譲ってもらう。

四・十三

朝九時将先生に会う。院内会計で昨年オーバー分が八九六元あり、今年の楼費でとりすぎている分を差し引く、と言う。どう計算しても不解。四月十一日～七月二十五日は先払いで九七〇〇元。午後二時半より図書館の横で一所懸命に一枚仕上げる。本日後期初めての書初め、明日から頑張ろう。

四・十四

家内は、食べていないので歩行も困難。一日中在宅。午後二時診療所で診察してもらい、薬を出してもらい宿舎に帰る。夕方四時将先生とともに会計課に行き、一〇六日分の宿舎費九七七三元を支払う。八九六元を足して一〇六六九元、一〇六日分だ。割り切れない？途中雨が降ってきて将先生と別れ、帰る途中七〇三号室の仲間と出会い、一緒に教室へ、蘇君達と語らう。王見老師が来られるというので待っていると、まもなく来られて挨拶をする。明日、図書館一階で午前中会うことを約束して別れる。家内も少しご飯を食べて、明日より頑張ると、張り切っている。

夕方淳子より電話があり、家内は土産物を頼む。

四・十五

午前王見老師の講評の反省、どのようにして今後進んだらいいのか自分でわからない。これをはっきり見極めて進みたい。昼食はラーメン。午後三時少し書く。午後五時半退席、食堂で弁当を買って午後六時半、楼に帰る。家内は七時半頃帰ってきて八時に夕食をとる。今日二回目のシャワーを浴びる。そして寮の宿舎費の領収書の整理をする。

四・十六

午前九時学校へ、呉君が来室する。王見老師の話を思い浮かべ、別に大きく書けとも言ってないが、少し大きく書いてみようとのアドバイスで、午後から少し大きくする。書いてもなかなかうまく書けない、小さくなる。蘇君午前十時半より不在。硯を七階の家内のところに持参、十二時一緒に帰る。途中弁当を買う。午後三時再び学校へ、そして夕方メガネ店に行く約束をする。

四・十七

朝、学校へ行く。途中呉君に会い、昨日買ったテレフォンカードが使用できないことを伝え、色々と試してもらったが、駄目であった。昼食まで一時間余りあるので学校へ行く。そこで一人新しい人に会う。日中交流会をしたらどうかと話したら、やってもよいとのこと。七階の家内のところにその旨を話して、一階に降りてもらって、来週によく相談して決めようということになった。昨夜、炊飯器をかけて、二合のご飯を炊いて食べた。本当においしい。広州での食堂のご飯はポロポロで固い。久しぶりに日本のコメを味わった。今日の夕食では一〇〇円の鍋で炊いたご飯が美味しい。今までで一番おいしく感じられた。午後学校へ、三時、小生独りで書く。楽しい、しかし腕が動かない、思うような字にならないので情けない。頑張れ、とにかく書くことだ。

四・十八

朝七時起床。早朝、食堂でパン六個、豆乳一個買う。午前中は洗濯物を外に干す。十時頃町へ買い出し、学校前の車道の横断歩道に信号が付いたのでかなり安全になる。バナナ、花、パンなどを買う。午後少し昼寝をして三時ごろ学校へ行く。独りで学習、五時頃呉君が来て手本を書く。見学している間に手を蚊に刺される、ひどい。五時半部屋を締めて七〇一号室へ、そこで一天君、蘇君と出会い雑談をしているうち、二〇八号室でお茶を飲むことになり、一時間半ぐらいガヤガヤと話をする。楽しいひと時であった。蘇君、一天君は映画を見るため早引き、呉君が残る。家内は八時半頃より学校へ行く。エレベーターは十一時には止まる。

四・十九

朝七時起床、七時半食堂へ行きパン六個、豆乳一個、朝食を済ませ八時半教室へ行く。蘇君、陳さん来室する。午後も一緒に書道の学習をする。昼は食堂でコメを三元（四十五円）で買う。炊いたご飯はとてもおいしい。朝研いで仕掛けて昼炊くととてもおいしい。

午前、図書館入館の証明証を発行してもらう話が、相手に通じず、蘇君の応援を得てやっと解決する。昼からも書道学習だ。午後六時、七階の七〇一号室で家内と会う。夕食後、家内は教室へ、小生も学習する。

四・二十

午前八時半、留学生楼を出発、教室へ行く。蘇君、陳さんと学習する。大学受験生の案内で学内美術館に行き、油絵の展覧会を一時間半鑑賞し、残りの時間、書道に励む。良い筆にあたり、思うように書けて嬉しい。本日買った筆は少し大きすぎる。部屋の人達に飲み物を配る。本日の青島ビールはおいしかった。健康で卒業できますように、乾杯。家内は八時夜間作業へ出かける。

四・二十一

朝八時半教室へ行く。小生が一番乗りだ。蘇君が来室、新しいメンバー陳夫苗（チンプヨウ）君が来る。暫くして前から居る陳、李さんも来る。十二時二〇八号室で逢坂さんに会う。一緒に我が家のご飯を食べて、午後一時家内は逢坂さんと出かける。午睡をして三時教室へ行く。呉、汪、趙（女性）等たくさんの人で書く状態ではない。七階に上がって雑談をして帰る。

四・二十二

朝八時半教室一番乗り、しばらくして蘇君が来て、昼前、陳さん、李さんが来る。もうひとりの胡さんを含めた四人での展示のため表装の業者が来る。昼を逢坂さん達と近くの食堂でとる。楽しかった。午後三時半頃、呉、胡そして王見老師の話し合いのところに小生が挨拶、後から蘇君三趙さん、汪君達若い人が集まり、六時二十分、精神訓話をしているようだ。中国語が解らないが何となく楽しかった。六時半七階で家内と共に楼に帰り夕食をとる。午後八時家内は教室へ、十時まで頑張る。六月二十日、書道四人展（蘇、陳、李、胡）の予定だ。

四・二十三

教室の者六人全員、狭い留学生楼で飲み会、新鮮な夕べであった。途中王老師も出られるとのことで、ビールを十本追加してワイワイガヤガヤ。午後九時頃王見老師が来られ、さらに会を盛り上げて頂き、十時半ごろまで楽しかった。それに胡君が気を遣って果物を持参、大変悪かった。すまない、ありがとう。

四・二十四

昨年山水画で知り合った友達と午前十一時に会い、午後三時までいろいろと話をする。呉君が四時頃来室する。夕方六時半、逢坂家族と夕食。タクシーで来られ、それに便乗して美味しいお店に行く。食後、歩いて健足堂へ行く。脚と肩の調子が良い。

四・二十五

午前十時、中央眼鏡で弦を修理してもらい、レンズを入れて無料であった。帰ってスケッチ二枚仕上げる。午後四時頃教室へ行く。

四・二十七

七時起床、久し振りにパンと豆乳を買う。呉君の郷里の青年が見学に見え、彼が案内する。書道に興味があるらしい。昼に蘇君が来室し指導する。

四・三十

午前中書道の学習。「月落烏啼霜満天」（**月は西に傾き、烏(からす)の鳴き声も聞こえ、空一面に**

霜が降りそうな気配が満ち満ちている）「江楓漁火対愁眠」**（川沿いの楓**（かえで）**や村人の魚を捕る漁火が旅愁のためうつらうつらしている目にちらつく）**「姑蘇城外寒山寺」「夜半鐘声至客船」**（もう、夜明けかと思っていると、蘇州郊外の寒山寺から、夜半を告げる鐘の音が、私の乗った船に響いてきた）**を書く。唐代の詩人**張継**（ちょうけい）が詠んだ漢詩「**楓橋夜泊**（ふうきょうやはく）」である。呉君には大変お世話になった。忘れることはできない、ありがとう。夕食後七時より家内の学習室七〇一号室で書道学習をする。環境に慣れないのでうまく書けない。

五・一

結婚記念日だ。朝七時四十分起床、二人での朝の散歩は気持ちがよい。ゴールデンウィークのせいか（日本だけ、中国も？）学生の姿はまばらだ。郷里に帰ったか、寝ているか？　逢坂さんよりお花を頂く。私たちは学習に学校へ行くため多くのパンを買う。

五・二

午前九時学校へ行く。書道二枚仕上げるが、少しもよく書けない。昼一時間昼寝、午後三時半学校へ行く。それから果物を買いに街へ出かける。蘇君、呉君に出会いまた別れる。明日、中山大学へ行く予定だ。

五・三

妻の誕生日だ。呉君の案内で中山大学へ行き、その広い公園のような中での古い建物のスケッチ、素晴らしい。大学の食堂でよい誕生日祝いができた。妻も大変感激、喜んでいて、本当に嬉しい。私の誕生日祝いは桂林の山奥であったが、妻も同じく中国で面白い組み合わせだ。午後九時前、受付の女子二人と小生で妻の誕生日を祝ってやった。**（やったはないだろう、昔人間）**

それから学校へ手紙を書きに行った。七階は涼しく過ごしやすい。

五・四

朝方の雨により肌寒い。午前中一枚書き上げる字で解らないところがあるので、呉君に聞いて理解、書道頑張れ。雨の後は冷たいので長袖を着用。夕食後、昨日のスケッチを仕上げようと思ったら手帳を置いてきたことを思い出し、学校へ行く。すると部屋は明かりがついていて明るく、蘇君他三人がＮＨＫの古代遺跡の番組を観ていたので、小生も三十分程皆様と鑑賞する。途中、呉君が戻ってきた。部屋に九時半に帰る。

五・六

午前中思うように書けない。努力不足、学習だ。妻からは「大きな字を書け」とハッパをかけられる。やっと書き上げたと思ったら字の配列が悪い。また挑戦。字が大きすぎて問題、できるまで挑戦だ。負けるものか、しかしながら字の大きさがなかなかまとまらない。夕方六時過ぎ、食堂で三元のおかずを買い帰ると、珍客に驚く、龐先生の兄嫁さんだ。早速妻の教室へお連れして、会ってお話をし、留学楼に案内する。ご両親からお見舞いとたくさんのお土産を頂き本当にありがとう。

五・七

午前中書道、昼前蘇君が来室、指導を受ける。逢坂さんより、オーストラリアから帰ってきたとの電話がある。旅行の様子を聞くと、時間に余裕がなく大変忙しい旅だったらしい。次はゆっくりと行きたいとのこと。しかし大変良い処のようだ。

五・八

朝、逢坂さん宅へ電話するも不在、後程かかってくるかと思ったが何もなし。午前十時ごろ学校へ行き、呉、蘇君から指導を受ける。家内は、誰もいない教室で一枚習字を書く。

午後四時ごろ学校へ行き、何もせずただ本を読む。図書館で入館のカードを頂く。図書館長さんに挨拶。二、三階に書道の本、三階には自習室もあり、ここで本を読み時間をつぶすのもよい。明日から大いに利用しよう。午後六時二十分に帰る。グランドでサッカーの練習を見学していると、呉君が来てスポーツの事を質問される。六時四十分ごろ別れて帰る。家内は七時過ぎに戻ってくる。七〇三号室に王見老師が来ておられたらしい。本日より学校、幼稚園が始まる。

五・九

日曜日らしく休む。午後六時、一階の教室に王見老師が来ておられ、講義を聞き、私の書いた書体について講評を受ける。今後注意されたところを直して頑張ろう。家内の字も講評を受け、喜んでいる。初めに書いた字は緊張しすぎている。のびのび書きなさいと指導を受けた。

五・十

家内の老師が九時教室へ来られるため、七時朝食、八時半教室へ行く。一番乗りだ。王見老師は九時半頃来られ書かれる。素晴らしい字である。少々名が出ると普通の字ではない。それに何枚も書いて苦しんでいた様子を拝見する。老師の筆さばき、凄い。十二時から昔の朋友が歓迎会をしてくれるというので一足早く辞す。早速張さんと会場へ急ぐ。老師を始め昔の友は来られていた。出席者十一人、現役四人、後は昔の朋友で、支払いも後者が持ってくれた。大変良い宴であった。午後四時頃、将老師に会い、公安局への届けは不要と伺いほっとした。帰りに、一階書道室へ、そこで李君と、明日十時図書館一階で待ち合わすことでＯＫ。その後少々書道を学習する。蘇君他三人は展覧会に向けて学習する。将老子より、六月十日～十五日、留学生展を実施、書道二服を提出するようにとの指示を受ける。今から準備、学習、頑張れ。家内は午後七時より学習、十時頃帰室する。

十　王林市両書道家発表会出品

五・十一

午前十時、林（香港出）の店に行き、硯、紙、筆等を買う。午後、展覧会提出の字を書く。九時～十一時にやっと納得する字が書ける。王見老師が教室に来られ十二時まで付き合ってから帰る。

五・十二

朝、家内と教室に行き、用紙を分けて七階に運ぶ。昨夜書いた字がよいということでそれを提出する事にし、もう一枚は表装してもらう事にする。王見老師が字を見られ、書き換えの指示が出た。聞いたのは午後四時頃であった。

五・十三

どの字を書くかは不明。午前中博物館へ行き水墨と書を鑑賞する。午後三時大雨、七階で呉君と会談。字を小さく間をあけてということのようだが、どのように書き直すことの意味合いが解らず、最後までイライラが募る。八時頃何とか仕上げる。印鑑を李君に掘ってもらう。お金は不要。二枚だけ印鑑を押して表装を依頼する。ヤレヤレ、これでよい悪いは別にして肩の荷が下りる。最後の四文字が小さすぎるのが気に入らない、残念である。もう少し眺める余裕がなかった。少し落ち着いて書くことなり。

五・十四

五月十四日〜二十一日が展覧会の開幕期日だ。新作品、自由でいくつでもよい。何もすることができないのでただ見ているだけ。午前中提出の作品を趙（女性）さんのカメラに収め、それを筒の中に入れて現地へ向かう。呉君、蘇君が午後四時頃教室へ来ると、女の子たちがきれいに部屋を掃除していた。図書室で一時間閲覧、二冊借りて一冊コピーする。隷書の本を返す。家内は午前八時半より学校へ行く。李さんも頑張っていた。代行山は素晴らしく良い。

五・十七

朝九時教室へ行くが、まだ誰も来ていない。少しして呉君が来たので作品を見せると、よろしいと言ってくれた。あれでよい、紙もよし、「**百聞一見如不**」再度挑戦。細字の練習。

五・二十

少し書いて時を過ごす。小生の分一〇〇元を蘇君に支払う。家内は別。書道グループメンバーの紙代とかを払う資金らしい。昼食は逢坂さんの差し入れで美味だった。美術館で展覧会を鑑賞、三時に別れる。

五・二十一

王見老師が来室され、留学生展の書を見てもらい、何か言われているようであったが、言葉が解らない。呉君が後で準備をするということ等、午後三時半集合、四時出発、タクシーに乗り三十分、そしてバス停につき、バスに乗り換え五時半出発。皆様と共に北流市へ向かう。

五・二十二

王林市両広書道家発表会及び広州美術学院の書道作品も参加し、盛大にテープカットで幕明け。午前中はじっくりと鑑賞に費やす。小生の書は、日本人の出品で珍しいのか、人だかりだ。陳さんは地元ということで張り切っている。昼食後休憩、午後は王立師範学院で頑教授の書、画の話があり、皆さまからの質疑応答があった。出席者のうち三人が即興の書を書き説明をしていた。面白い試みで興味を持った。夕食を終えて北流市のホテルへ戻る。カードをしたまま部屋の扉を閉めたので開けるのに大変。ガタガタコンコンすること約一時間、やっと開いた。**（うそ〜ほんとう？　フロントへ合いかぎを取りに行けばいいのに）**

五・二十三

七時起床、八時前、隣人と一階に降りて八時半出発。北流市のレストランで朝食を腹いっぱい頂く。十一歳の天才画家の絵を鑑賞し、驚く。記念写真を撮り他の博物館を見学。鼓の町、昔は絹が取れたようだ。東大の学者が研究に来られていた。昼食後少し仮眠、午後二時半前起きてトイレに行く。二時四十分より車で山の方へ行く。鍾乳洞のある山で、その中を見て休憩時間中、五分ほどグループから外れスケッチをする。そしてホテルへ帰り休憩。

陳さんおよび研究室のメンバーが発案、日本で日中交流を目的に展覧会をやりたい、準備のため七人派遣したい、と言い出した。面白いことだが、私たちは年を取っているのでどこまで応援できるか少々心配である。と答えた。中国で大変お世話になっているので協力したい気持ちだ。**（まさか数年後、中日友好書法展が日本（九州大学）で、中国（広州**

美術学院）で開催されるとは誰も知る由もなし。市本百合枝の行動力でなされたのだ。高齢者のパワーはすごい）

五・二十四

朝八時起床、家内の要望で十三階から写真を何枚かとる。降りるときに王見老子と出会う。食後、大客山森林公園、大滝へ行く。森林公園は老人であるため車内待機。昼食後の大滝見学、これは参加する。

十一歳の天才画家のご両親からのお願い事を受ける（日本に数点持ち帰り展示していただきたい）。その他私に対する要望、努力就成功、江山怒画、朋友三枚、書道を頼まれ要望に応える。**（次ページ、字は稚拙だが絵は大したものだ）**

中国語が解らないのでほとんど妻に任せる。王見先生は先に広州へ帰られる。

五・二十五

朝六時十分起床、七時出発の準備、朝食八時、八時半出発、バス停に九時に着きすぐ乗車、九時十分発車。広州のバス停に着き、タクシーで留学生楼へ。午後四時過ぎ、呉君と日本での展覧会の話し合いを五時過ぎまでする。

仙乐图
甲申年春林子越十一岁左手画

富贵图
甲申年春林子越十一岁作

十一　広州美術学院留学生展出品

五・二十六

朝六時起床、七時半朝食、家内は八時学校へ向かう。七階へ上がると蘇君は仕事で外へ出かけるところだった。十時過ぎ、呉君来室し、留学生展の準備のため手本を書いていただく。留学生展の準備が一部出来たので、その練習に努める。目標ができたのでまずは頑張ろう。

五・二十七

午前中独りでいるなか、呉君来室し紙の折り方を習う。午後三時頃、雷が激しく鳴り響く。少し風邪気味のため午後休む。

五・二十八

本日より留学生展覧会の書を書き始める。やっと一枚仕上げ、字の悪い点は蘇君より指摘を受けたので、すぐ直して頑張ろう。

五・二十九

昼前に呉君が来て、四つ目の古詩を手本に書いてもらって目標が決定。後は真剣に書くより方法無し、頑張ろう。午後五時過ぎ、蘇君が来て色々注意をしてくれる。精神的なことがよく理解できる。気が高揚しているときに書くことだ。午後八時頃、逢坂さんから電話、六月七日以降は暇なのでまたお会いしましょう、と言われた。逢坂さん、日が決まったら会いましょう。

五・三十一

瓜山寺白居易詩一首（**白居易は唐の詩人**）、一日がかりで仕上げる。今夜も挑戦する。

六・一

朝から書道を仕上げ各二枚仕上げる。少し昼寝をして午後三時、教室へ行く。呉君は三枚揃え、印鑑を押して表装、留学生展の準備完了。気分はルンルン。小生も書道を仕上げ、本日表装をして準備完了。全て呉、蘇君の応援のお陰だ、これからもよろしくお願いします、ありがとう。

六・三

家内は絵の失敗を取り戻すため昼休み無しで頑張る。私は王羲之の字を学習、なかなか思うように書けない。字の間隔をとるようにと、蘇君から指示を受ける。その通りに書くと字が生きてくる。とにかく色々なことを学んで帰りたい。言葉が通じないので不便だ、残念。

六・四

午前中は嶺南之夏、書道の展覧会に撮った写真の整理として焼き増しをお願いする。昼食後二時半まで昼寝。そして美術館へ行き、教育系の水彩画を拝見したが、まるで油絵のような色合いで、あれでよいのかと思った。午後一時より呉君が勧めてくれた王羲之の書を書く。呉君が五時頃来て、最後は三列を書くように言われた。今日中に仕上げるように言われたので、頑張って八時前に仕上げる。明日表装をして展覧会へ持ってゆく。家内も明日表装するようだ。本当に良かった。

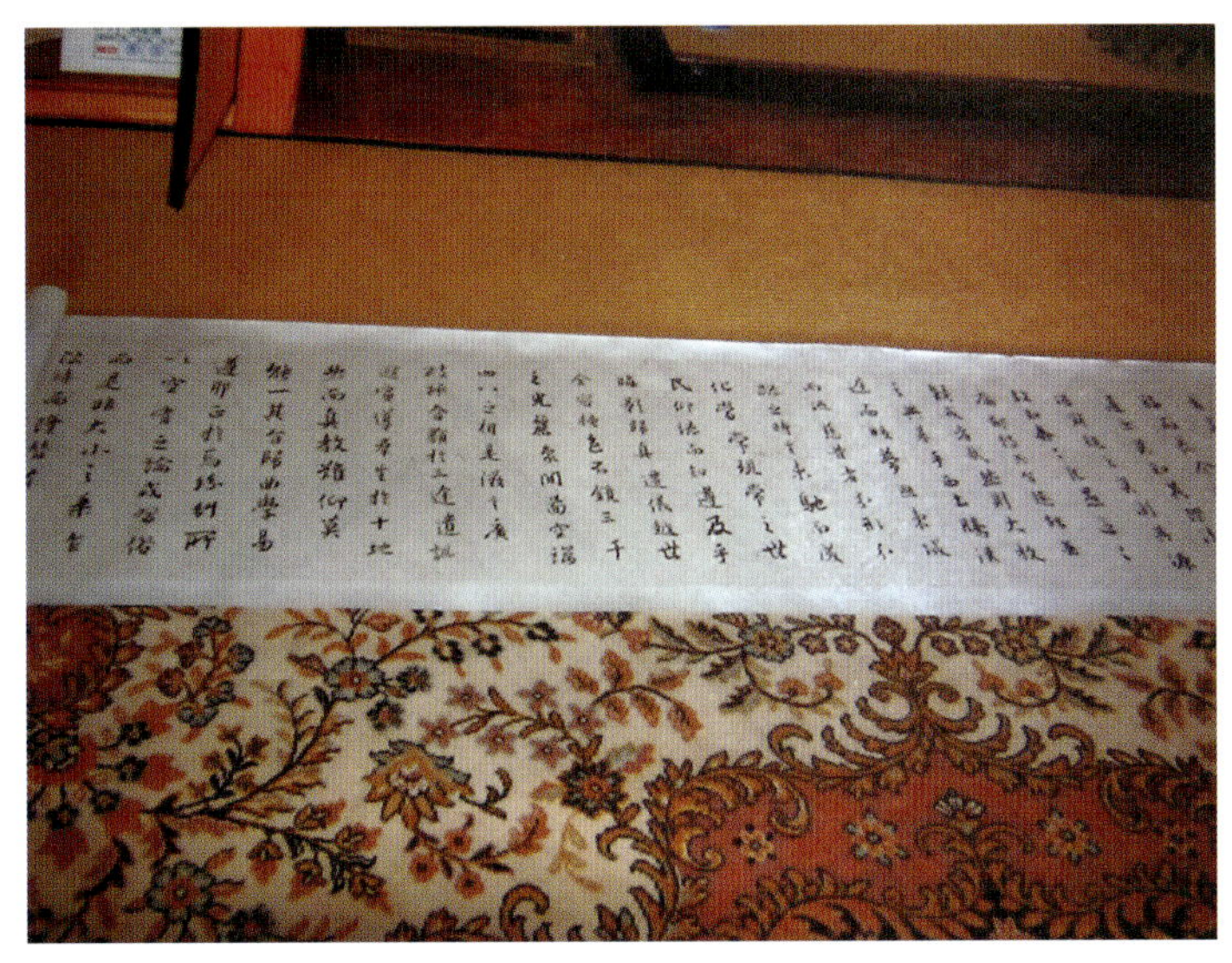

市本隆幸の卒業作品

千里鶯啼緑映紅水村山郭酒旗風南朝四
楼臺煙雨中
杜牧 江南春
月落烏啼霜満天江楓漁火
對愁眠姑蘇城外寒山寺夜半鐘聲到客船
張継詩 楓橋夜泊
孤山寺北賈亭西水面初平雲脚低幾處早鶯争暖
樹誰家新燕啄春泥亂花漸欲迷人眼淺草纔能没
馬蹄最愛湖東行不足緑楊蔭里白沙堤
唐人白居易詩一首 銭塘湖春行
江城如畫里山晩望晴空両水夹明鏡雙橋落
彩虹人煙寒桔柚秋色老梧桐誰念北樓上
風懐謝公
右録古詩四首於羊城 甲申年夏日
市本隆幸書

百聞不如一見
甲申年夏日
市本隆幸書於廣州美術学院

月落烏啼霜滿天
江楓漁火對愁眠
姑蘇城外寒山寺
夜半鐘聲到客船

張継詩一首
市本隆幸書

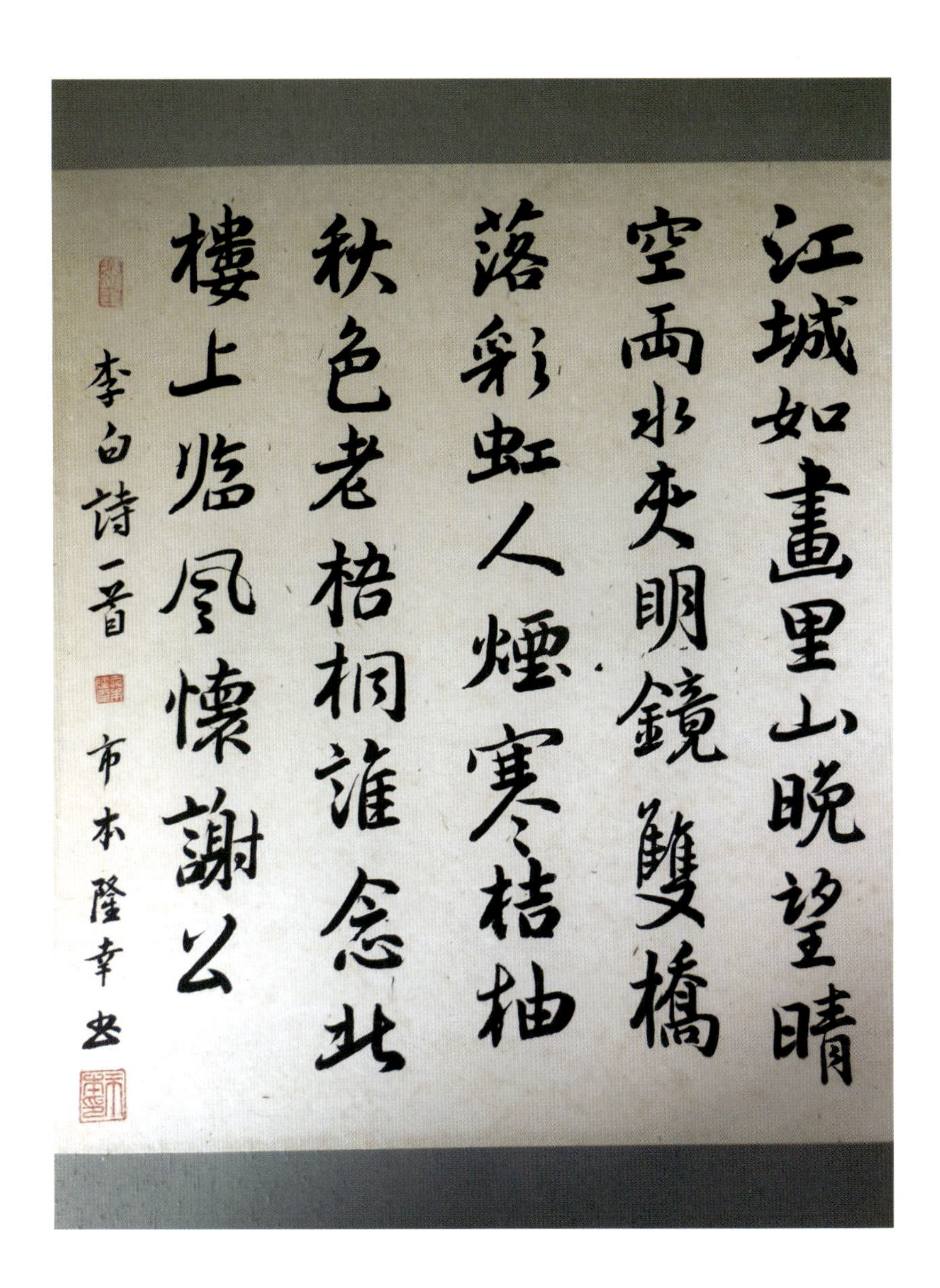
江城如畫里山晚望晴
空兩水夾明鏡雙橋
落彩虹人煙寒桔柚
秋色老梧桐誰念北
樓上臨風懷謝公
李白詩一首
市本隆幸書

市本百合枝の卒業作品　李唐臨笔

市本百合枝

1952年　小学校教师（儿童画研究指导）

1971年　师从油画家须田刻太及松宫磬四郎老师学习油画

日本川西市美术同好会员、油画KATOLIRA会员

2002年　就读中国广州美术学院国画系山水专业高级研修班，师从刘书民教授。

創作＜龍脊村之春＞

漓江夕阳

写生<桂林早春>

六・九

明日の展覧会の準備に、家内は九時半から応援。午前中学習をして、昼頃美術館に行き呉君、趙女子と出会う。お世話になったお礼に食堂で昼食をおごる。

六・十

留学生展開催（六・十〜六・十五）。昼頃、逢坂さんから水、おかず、果物等を沢山いただく。夕方には蚊取線香、パスポート関係の書類などを持ってきてもらう。ありがとう、本当にありがとう。

六・十二

胡君から、明日自分の家に来ないかと誘われ、家内と相談しお受けする。

六・十三

朝七時校門前、タクシー乗り場から七時半出発、、九時半到着。蘇君の案内だ。龐先生のご家族（三人）を美術館に招待する。家内は三時二十分頃来館。四十分かけて鑑賞、案内する。その後、夕食を共にしたが本当に楽しかった。

六・十五

朝六時起床。七時校門前でタクシーを拾い、肇実市へ行く。七星洞の景色は美しい。そこで瑞流の硯を一九〇〇元で購入。午後は胡君の出身校を見学する。学校は三十年の伝統があり、木々にたくさん囲まれ素晴らしく、背景は山々で空気は澄み渡り、寮の設備は完備され羨ましい限りである。

六・十六

留学生、研究生の発表会の後始末だ。呉君、蘇君に助けてもらい全部片付ける。表装の件も呉君にいろいろ話をして業者にお願いする。家内は担当教授との会食で十時頃帰宅する。

六・十八

午後六時より留学生楼で呉君、蘇君とその友達合わせて六人で会食、楽しい夕飯であった。集まったメンバーは、遠い田舎から勉学に来ているので、ご馳走がなくても嬉しいらしい。老夫婦の日本人がいたと記憶してもらえればよい。全く日本を背負っているようだ。

六・十九

九時学校へ、独り王義之の書も終わりに近づきつつある。早く終了して掛け軸の字を書きたい。家内の中国語の先生としてお願いしていた中山大学の金さんが午後三時に来られる。初めてお会いするので呉さんを交えて四人で夕食をする。午後八時頃将先生が来られる。

六・二十

午前中将先生の案内で農民のお宅を訪問し、農民の舟こぎを見て写真に収める。時間がありしばらくスケッチをする。午後五時半六人ぐらいでベトナム料理を頂く。大変にぎやかな夕食となった。珍品の料理であった。費用は五八〇元とか。帰りに会員のアトリエを訪れて何かと楽しかった。

その帰り、大雨に遭い、ちょうど車で学校まで送ってもらい大変助かった。院生の一人がいて、やっと十一時に帰った。気の利かないやつだと思ったが、彼の部屋にはテレビがないので珍しいらしい。本当にまじめな学生で親切にしてあげるべきであろう。

六・二十五

逢坂さん宅に初めて伺う。立派なマンションで裕福な生活ぶりが伝わってくる。会社から海外別手当てがあるようだ。子供はインターナショナルの幼稚園で、奥さんは中国語が話せるので何一つ不自由はない。素晴らしい環境で子供たちは幸せだと思う。

六・二十六

初めて図書館二階の左側閲覧室で日本の雑誌を見て、日本語が読める実感をひしひしと感じた。むさぼる様に読み、時間のたつのを忘れるぐらいだった。楼に帰り、日本のそばを皆にふるまうのはどうかと家内に相談し、金先生、呉、蘇、李君が集まってくれて大変楽しかった。午後四時半頃、陳さんから頂いた掛け軸を持って帰る。王見老師は腹痛のため休みが続く。

六・二十八

九時過ぎ、図書券の権利の返還のため一階教室へ行く。ちょうど趙女子に出会い、その手続き交渉を全部してもらう。そこへ呉君、家内も来て話に花が咲く。一時間以上話をしていた。話も終わり教室に戻ると、表装屋の人が来ていて出来上がりをチェックし、一部不満はあるが一七〇〇元払ってしまう。いくばくか説明が相手に通じなかった。紙に書いて、この商品はこうしてくれと言って渡すべきであった。手続きも終わり、北流市で撮ったビデオを美術館で見ようということになり、呉君、趙さん、私達で行ったが管理人不在のため諦めて、各自各々退散。家内と趙さんは、日中話し合いの勉強会を一日繰り上げて五時から七時まで行う。小生は楼に帰り、汗をかいた上着を着替えておかずを買いシャワーを浴びて待つ。明日は財務課で図書券の権利金返還請求をする。再度ビザは大丈夫か将先生に確認する作業が残っている。電話で確認した。

七・一

いよいよ日本に帰る日が近づいてきた。細字を苦手にしていたが、やっと慣れて書けるようになった。大変嬉しい。

七・三

業者が本装したものを持ってくる。金先生が午後四時に来られる。夕食は呉君も一緒で楽しくいただく。北流市の子供の作品の事で、はっきり主旨を伝えるよう話し合い、なんとか分かったようだ。

七・四

昨夜の雨で、夜はかなりしのぎよい。朝八時前起床、十時学校へ行く。停電になり廊下が暗くて、家内は一段踏み外して少し怪我をする。しばらくして電気がつく。

七・五

朝九時学校へ行き、久しぶりに王見老師と出会い、お元気そうなご様子で嬉しかった。李君の水墨画を観に来られたとのこと。小生は帰る支度で作品を整理していると説明をした。午後は、風邪のため身体の調子が悪いので休息をとる。

十二　卒業後の雲南・桂林写生旅行

七・六

明日に備えて休養。鼻づまり、頭の芯が少しおかしい。足の先がしびれるようだ。一日中横になり休養することに決めた。朝の電話で宮川さんが来られる様子に家内が喜ぶ。

七・七

タクシーで荷物を郵政本局に二箱運び込む。船便で運ぶ予定だ。午前九時過ぎ、診療所に行き診察を受ける。そこで将老師のご主人に出会い、少し中国語が通じた。薬代三十七元を支払う。この薬は雲南の人にあげよう。その後、将老師を探していて一階の本館で出会い、夜宴に招待される。ご主人にもお会いできたと話をした。午後七時の謝恩会の出席者は十四名、楽しいひと時であった。良い思い出として忘れることはできない。

七・八

午前中七〇三号室で話をしてばかりで、作業が進まずに叱られる。水墨画に字を入れる。

昼ほとんど食べずに頑張る。午後三時までに仕上げ表装に出す。宮川さんと雲南に行くことが決定。

七・九

雲南行きが決定。金さんと一緒に銀行へ行き、二十五万円を人民元に換金してその足で旅行社へ行く。私は午後四時半外装済みの掛軸を逢坂さんに依頼し渡す。北流市の子供の作品を忘れていたので、早速電話をして日曜日に渡すことでＯＫを取る。

七・十

龐先生のご両親が墓参、十時に行く。その前八時半、家内はお花を買いに町へ。

七・十一

七時半起床、十時頃李さん来室し、家内の送別の日取りの打ち合わせをする。二十二日七時に決定、場所は未定。

七・十二

午後五時半、宮川さんを迎えに白雲空港へ。長谷川さんに依頼して日本への帰国便を予約する。朝九時半フライト予定だ。

七・十三

午前中宮川さんを中山大学へ案内する。たまたま呉君と一緒になった。昼食を金さんと共にして午後一時に別れ、四時に留学生楼で会う約束をして別れる。旅行者の方に手続きを依頼し、午後六時ごろ予定表を渡される。六時四十分搭乗、一時間遅れの七時四十分のフライト、満席だ。中国の景気の良いのに驚く。機内で夕食が出て二時間で昆明に到着する。空港からバスで二時間かかり、夜中の十二時にホテルに到着。七階の四号室、中級クラスのホテルだ。疲れてすぐに就寝する。

七・十四

七時起床、七時半朝食、八時過ぎ出発だ。石林（雲南省昆明の南東約八十㎞に位置し世界遺産に登録されている）見学、本当に見たことのない奇岩群を二時間かけて見学。移動中バスが故障し、代わりのバスが二時間して到着。その間夕食を終え、午後十時大里へ出発、十二時半到着、直ぐ就寝する。

七・十五

今日も八時出発、大里の湖を遊覧、朝十時に乗船、スイスの湖のように素晴らしい。

（行ったことがあるの？）

中国にこんなに良いところがあったのか、感動。別室を借りるのに一人四十元、四人で一六〇元、もったいない。午後は三塔を見学、中国の観光客が多い。

七・十六

山にリフトで登るのに二時間待ち、それを皆、雨が降る中待っている。辛抱強い。昼食後、飴江市へ帰りデパートへ行くも、私たちはバスで待機する。やっと午後五時過ぎ、岭江雲龍大酒店で解放。家内は背中が痛いといって風呂に入る。午後八時頃、雲南旅行の費用の打ち合わせをするも、あまりはっきりしない。桂林―広州の寝台列車、飛行機が未解決、残り一〇〇〇元の使用金が不明のようだ。九時過ぎに風呂に入る、気持ちよし。夕食はホテルの近くで済ます。今お腹を壊しているので慎重に行動する。広州～昆名の片道切符（六七〇元）を処分、捨てる。眠いので早く寝る。

七・十七

七時起床、九時出発。北岳店、黒竜江をタクシーで観光。午後古城見学、昼食は二時ごろたべ、色々散策。漓江〜昆明へは午後八時のフライト、九時到着。宿舎の場所が変わりタクシーで移動。

七・十八

午前中黒龍観光、お寺参り。十時過ぎツアーの人たちと別れる。十一時過ぎ宿泊所見つかる。一人当たり一三〇元（二〇〇〇円）。

七・十九

八時半、部屋で軽く朝食を済ます。九時出発、民族店を見学。昼食を町の中心部でとり、それから街を散策し、四時半ごろホテルに帰り休む。

七・二十

八時朝食をとり、桂林の中心部を自由行動、二時半集合する。昨年お世話になった宿に宿泊する計画では、漓江下りの舟への乗船が間に合わないということで、桂林の安い宿に泊まり、翌日二十一日の十時十五分の舟に乗る。

七・二十二

昨年お世話になった宿の亭主から連絡があり、タクシーでそこへ向かい久しぶりの再会。三十分ぐらい話をして別れる。それから桂林美術館へ行き、日本語の分かる人の説明を聞く。二本掛け軸を買い、公園入口のお店で夕食をとる。そして広州へ戻る。ハードなスケジュールだ。明日は日本へ帰国だ。

七・二十三

留学生楼を七時発。六時半頃、呉君、蘇君、院生三人の見送りに感謝、ありがとう。龐先生のお兄さんの車に乗せてもらい、八時前白雲空港で手続きを済ませ、今回は無事に何事もトラブルなく、十時五分、離陸。

皆様本当にありがとう。

十三　日中友好の架け橋

帰国後、日中友好の交流会の催しへの打診を、近畿の大学に問い合わせをしたが、老人のそんな問いかけに耳を傾けてくれるはずがない。そんな中、九州大学へ問い合わせをしたところ、書道部の顧問の先生が興味を示してくださり、色々と紆余曲折を乗り越え、日中書道交流展の開催が、現実のものとなった。実行委員長の境祐二君の挨拶文を紹介する。

「私たち九州大学書道部は二〇〇六年五月二十一日~五月二十四日、中国の広州美術学院と書道交流展を開催します。広州美術学院は中国を代表する美術学校で、私たちは一緒に書道交流展を行えることをうれしく思います。

同じ書道といっても日本と中国、共通点もあれば相違点もあると思います。ここ九州大学で日中両国の書道文化が出会い、お互いの作品を通して両文化を理解する機会が持てたことは喜ばしい限りです。

日中両国の書作品を一堂に展示した書道展は珍しいと思います。しかも、学生による展示会は初めてだと思います。かなり見ごたえがある展示内容ですので、是非会場に来てご覧になって下さい。また二十二日には交流練習会という形で、中国から来日された広州美術学院の教授や研究生たちと一緒に書道交流を行います。一般の方の多くの参加をお待ちしております」

この計画を昨年の九月、兵庫県在住の市本夫妻から紹介、実現の運びとなり、ＫＹＵＤＡＩ　ＮＥＷＳ（九大ニュース）に掲載された。

下段左から（市本百合枝・市本隆幸）

記念式典後の立食パーティ会場にて

上段　左から　胡（肇慶学院）、王見（（広州美術学院）、趙（（広州美術学院）、ウイリアム（九大留学生）、河野（法・4）
下段 左から　渡辺（医保・1）、酒井（理・3）、神原（工・2）

左から、王見教授（広州美術学院）、市本夫妻、宮川夫妻、
留学のきっかけを作っていただいた桂先生、
留学中お世話になった呉君（広州美術学院）

九州大学五十周年記念講堂内の日中書道交流展会場正面にて
左から 續（顧問）,王見教授（広州美術学院）,益尾（書道部講師）

平成17年5月22日の交流練習会

筆をとるのは趙さん（広州美術学院）、それを見ている右手、渡辺（医保・1）
手前は来場してくださった渡辺君の友人方

書道作品の交流会場にて

左から　　神原（副幹事：工2年）、境（幹事：理3年）、
藤原（21cp・3年）呉（広州美術学院）、永岩（経・3年）
ウィリアム（九大留学生）、吉田（文・3年）

第二回中日友好書法展が、今度は中国の広州美術学院で開催された。二〇〇八年五月の事だ。そこへ招待された百合枝の挨拶文である。

本日は、広州美術学院と九州大学の第二回中日友好書法交流展の開催おめでとうございます。両校の皆様に心から御祝を申し上げます。私達は、昨日久しぶりに中国を表敬訪問し、美術学院の門の前に立った時の懐かしさで胸いっぱいになりました。

思い起こせば、ここにいらっしゃる桂小蘭博士御夫妻のお陰で、この素晴らしい広州美術学院で学ばせて頂き、沢山の先生方や学友に出会うことができました。短期留学ではございましたが、その間、書法中国画の学習を通して、偉大な中国の歴史や文化、芸術など肌で感じることができました。その上、皆さまから温かい心を学ばせていただき、喜びと感謝の気持ちでいっぱいでございます。

どうかこれからも、中国の書法交流展が回を重ねることにより、お互いを理解しあい、友情を深めていくことにより、ますます文化、芸術を高めることに貢献されますよう、心から両校の御発展を祈願して祝辞にかえさせていただきます。

なお最後に、王見老師を始め、この会の準備に労を注いでくださった学友、その他たくさんの方々に深く感謝申し上げます。

謝謝。
中国万歳。
日本万歳。
この年、市本百合枝八十一歳。（まだまだ頑張っていますね）

十四　老々二人展、集大成の書・水墨画

朝日新聞掲載の文章。

川西市向陽台三丁目の市本隆幸さん（八十八）百合枝さん（八十二）夫婦が中国留学時に描いた書や水墨画約六十点を展示した「老々二人展」が平成二十一年九月九日、川西市栄町の市立ギャラリーかわにしで始まった。十四日まで入場無料。

戦時中、隆幸さんが山東省にあった旧海軍の教習施設で学んだ縁で、夫婦は何度も中国を訪問した。そのうち書や水墨画など中国文化への関心が募ったという。もともと百合絵さんは絵が好きで、いつか美術学校で学びたいという思いを抱いていた。二〇〇二年（平成十四年）秋、「本場で学びたい」と夫婦そろって留学を決意し、知人の中国人研究者の紹介で広東省の広州美術学院に入学。若い中国人学生たちにまじって約一年、景勝地の桂林や少数民族の村をスケッチ旅行などした。

百合枝さんは「年をとったらスケッチブックを持って『老いの細道』をしようと話していたが、中国で念願がかなった。村のおばあさんが椅子を出してくれたり、小学生が昼食

に呼んでくれたり、楽しい日々でした」と話していた。

その後、長旅などの疲れがたまり、百合枝は大腿骨骨折、隆幸は脊椎狭窄症、レビー小体型認知症を煩い、二〇一四年（平成二十六年）三月三十一日隆幸が、同年四月三十日百合枝が、転倒により硬膜下出血、そして脳幹出血へと移行し、天国へと旅立っていった。

新　聞　2009年（平成21年

88歳と82歳
「中国留学」
集大成の書・水墨画

中国留学で描いた作品と、市本隆幸さん、百合枝さん夫婦＝川西市栄町

川西市向陽台3丁目の市本隆幸さん(88)、百合枝さん(82)夫婦が中国留学時に描いた書や水墨画約60

2009年9月10日　朝日新聞

十五　市本百合枝回顧展

―生誕九十年記念歩みつづける魂―

市本百合枝（一九二七～二〇一四）は、昭和二年五月三日山口県豊浦郡豊北町神田（現・下関市豊北町）で五人兄弟の末娘として生まれ、美術学校を目指すも反対され、一九四八年山口県立深川高等女学校卒、小学校教師となる。一九五二年市本隆幸氏と結婚、三人の子供をもうける。安食慎太郎（あじきしんたろう）とも交流がある。一九八四年京都府伊根町泊（とまり）シーサイドハイツに居を構え、多くの風景、静物画を残している。その当時は高速網も不十分で、今現在の二、三倍も時間のかかる所だった。しかし自然の海、山々に囲まれ温泉もあり、心も癒され、沢山の仲間や家族と過ごした思い出の場所となった。

一九九四年十一月、大阪環状線桃谷のギャラリーフランソワで初個展を開催する。案内はがきの菜の花はその時の自信作だ。二〇〇〇年五月、大阪府池田のギャルリＶＥＧＡで大藤通子と二人展を開催。シャングリラ１、２はその時のものだ。ドイツ、オーストリア、ハンガリー、トルコそしてハワイも訪れ、風景・人物画を意欲的に描いている。

二〇〇二年九月、龐先生、桂先生のご尽力で、広州美術学院に水墨画高級研修生として一年間留学する。七十五歳は今までの中で日本人最高齢と思われる。

二〇一六年（平成二十八年）明石市立文化博物館にて十月六日〜十月十一日の六日間開催され、観覧者数六百数十名、沢山の人たちに観て頂いた。高さ三メートル近い李唐臨笔（模写）は故宮博物館に飾られている唐の時代のものの模写で、数か月以上をかけた留学時の卒業作品である。

広州から帰国後、日中友好の架け橋となり、九州大学書道部と広州美術学院と交流会開催の運びとなる。パソコンもメールもできない八十歳の一女性が、若い大学生との連絡方法は電話と手紙だった。牛歩のごとくの歩みでありながら、コツコツと友人の輪を広げ素晴らしい営みが完成される。

そして高齢になっても衰えず、歩みつづけた行動力が、絵の中に表現されている。動的な迫力のある六十年余りの画業を振り返る。いくつになっても不可能はない。高齢者の人々への励まし、勇気を与えたのではないだろうか。

そして次は神戸新聞（片岡達美）掲載の文章。

力強い筆致創作の軌跡

画家須田剋太らに師事し、市井の人として絵を描き続け、二〇一四年に亡くなった市本百合枝さんの回顧展が六日、明石市文化博物館の二階ギャラリーで始まった。主婦業の傍ら、描くことへの意欲を燃やし続けた市本さんの画業をたどる約六十点が並ぶ。

「師匠」須田剋太氏の手紙も

市本さんは一九二七年、山口県生まれ。幼い頃から絵が好きで美術の道を目指したがかなわず、小学校教諭に。結婚後は主婦として三人の子育てをしながら絵を描いた。夫の転勤で七七~八一年には西宮市に住み、須田剋太氏に師事。晩年は川西市に住み、七十五歳で中国広州美術学院に水墨画を習いに行くなど、絵への思いは衰えることはなかった。

今春、三回忌の法要で集まった長男の市本卓也さん（六十二）、長女の七角淳子さん（六十）、その夫で明石市内で歯科医院を開業する好一さん（六十五）らが中心となり回顧展を企画。明石での開催が実現した。

「母に手を引かれて大阪・梅田の画材店に行った」と卓也さん。淳子さんは「台所の片隅で、真剣にキャンバスに向かっていた」と思い出を語る。静物や人物を描いた油絵を中心に水墨画など作品は多岐にわたるが、「やはり須田剋太さんの影響は大きいのかも」と卓也さん。力強いタッチの油絵に、その跡が見られるという。会場には須田氏が送った手紙も展示されている。

卓也さんと淳子さんは「好きだという思いだけで描き続けた。多くの人に作品を見てもらい、何か感じてもらえたらうれしい」と話している。

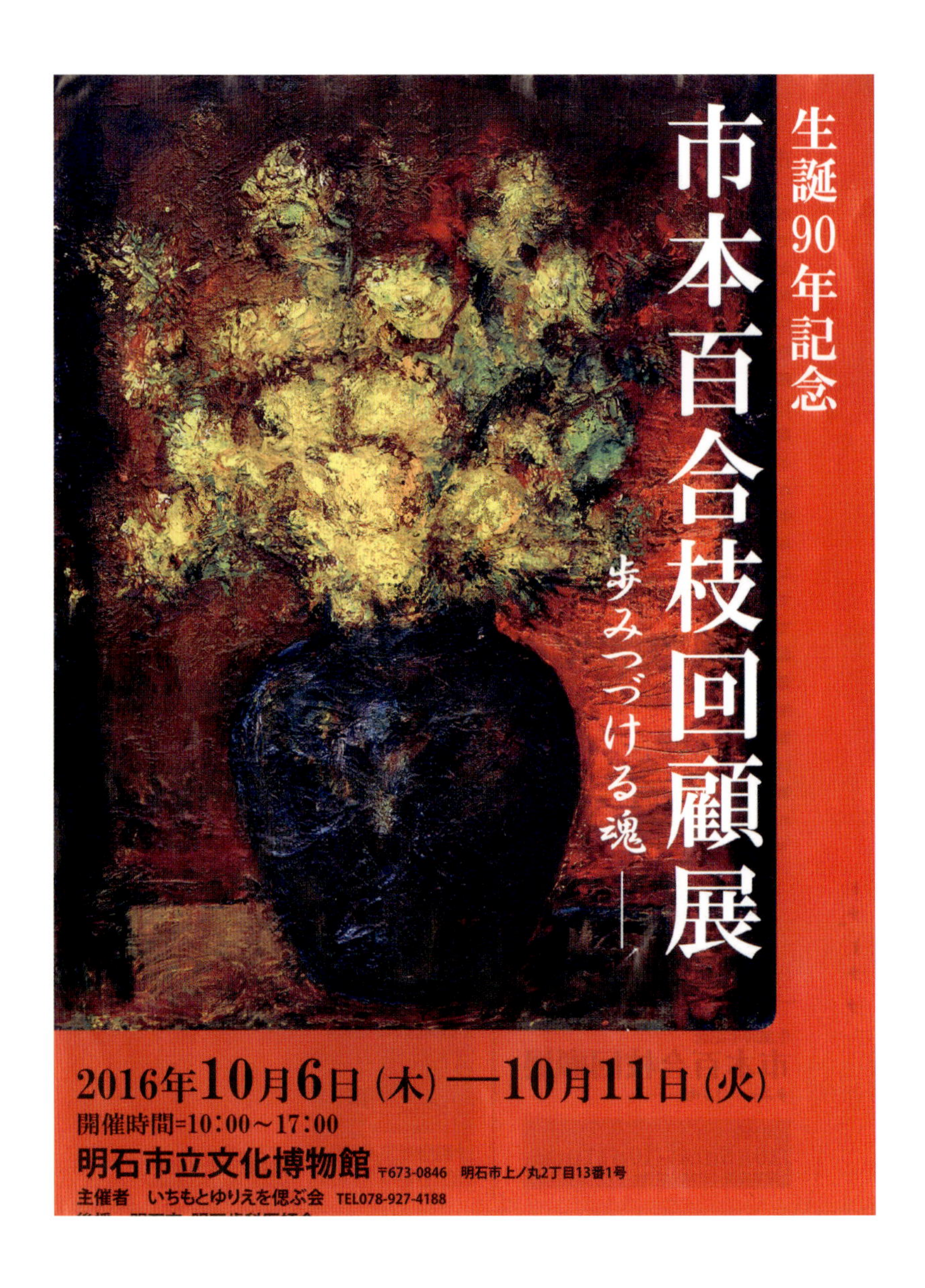
生誕90年記念
市本百合枝回顧展
歩みつづける魂 ―
2016年10月6日(木)―10月11日(火)
開催時間=10:00~17:00
明石市立文化博物館 〒673-0846 明石市上ノ丸2丁目13番1号
主催者 いちもとゆりえを偲ぶ会 TEL078-927-4188

シャングリラ
（その1）

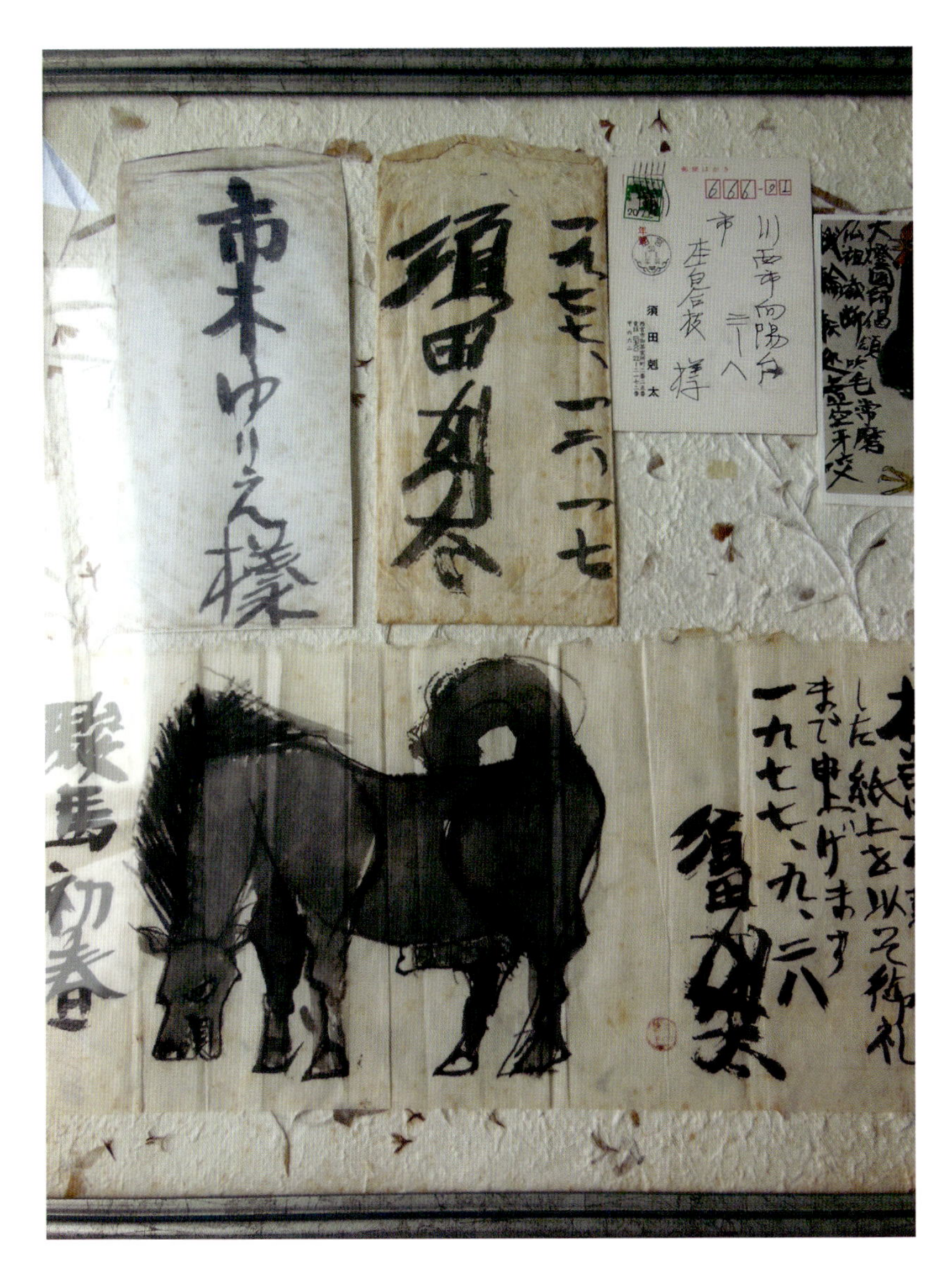

須田剋太からの手紙

孫郁衣（ふみえ）が十歳で描いた百合枝おばあちゃん

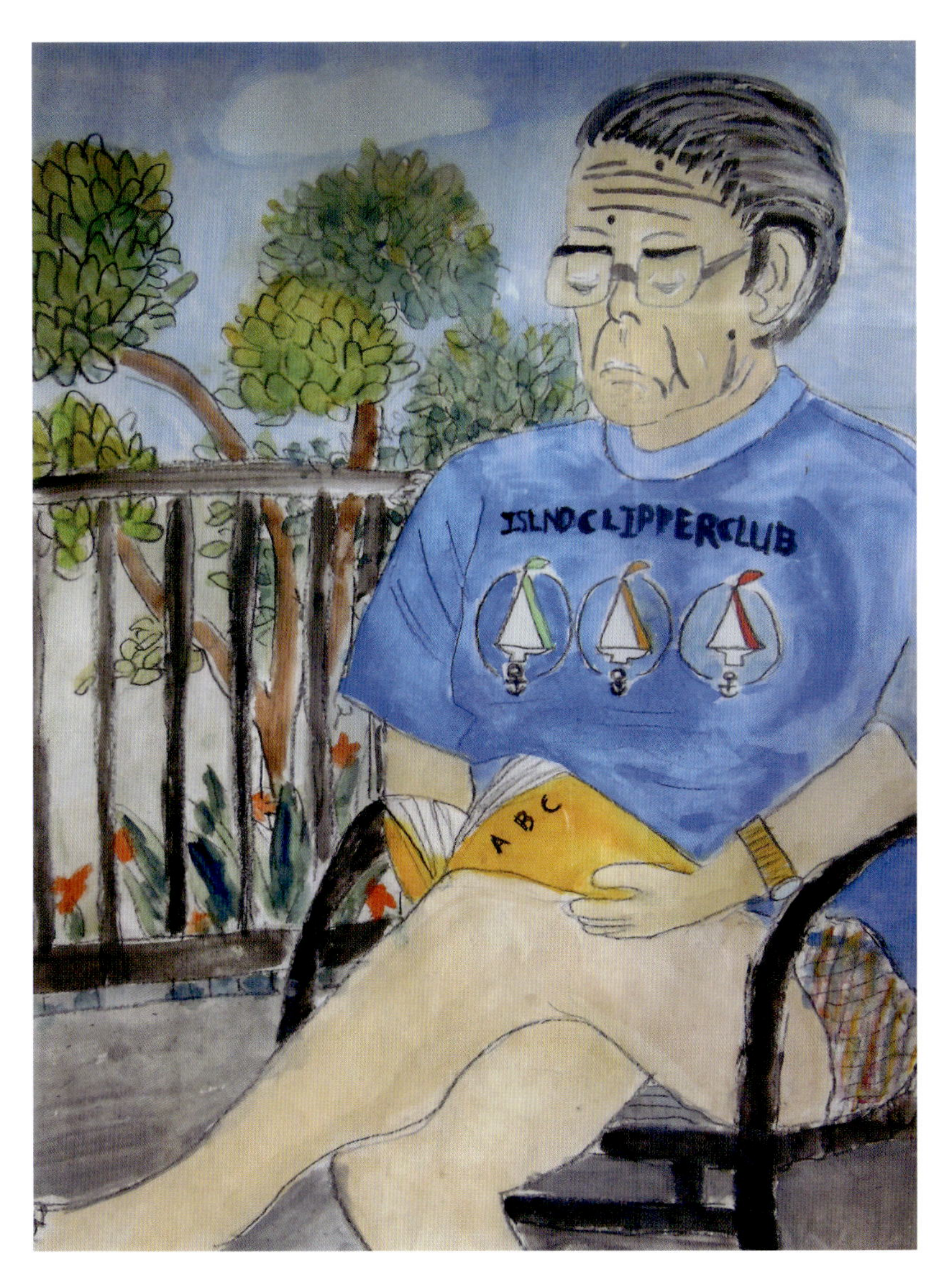

孫郁衣（ふみえ）が十一才で描いた隆幸おじいちゃん

留学中の記録

二〇〇二年　九月　十日　広州美術学院へ留学手続きのため中國へ
　　　　　　　　十一日　前期カリキュラムによる学習
　　　　　　　　　　　　広州美術学院留学手続き完了（授業開始）
　　　　　　　　十九日　留学生二十名広州市内をバスで案内・観光
　　　　　　　　　　　　（中山記念館→広州博物館→越州公園→広州彫塑公園→陳氏
　　　　　　　　　　　　書院→珠江東側道路ドライブ→広州美術館）
　　　　　　　二十六日　留学生と市内の寺などをバスで案内
　　　　　　　　　　　　佛山市の祖廟（そびょう）及び石湾美術陶器工場見学
　　　　　　　　三十日　中国の大型連休を利用して一時帰国
　　　　　十月　十日　学習の為、広州美術学院へ
　　　　　　　　　　　　各自、書法と山水画の基礎学習・授業
二〇〇三年　一月　二十日　スケッチ旅行の為、海南島へ個人学習三日間
　　　　　　　二十四日　長期滞在の場合、一か月後は継続申請するべきをせず約百日

間不法滞在？　公安局・日本領事館の方々の協力により、再申請、無事解決

二十五日　一日遅れで冬休み（旧正月）の為、一時帰国

二月二十六日　学習の為、広州美術学院へ・授業

三月　十六日　桂林校外学習・少数民族の村へ

十九日　堤・中山・松雪・團野さん友人四名が桂林観光の為訪中（外地で会える喜びはまた格別嬉しい）

四月　十六日　桂林校外学習終了

二十六日　新型肺炎ＳＡＲＳ（サーズ）の為、一時帰国
肺炎が世界的に安定するまで長期休学

二〇〇四年

四月　十一日　学習の為、広州美術学院へ再留学・授業

五月二十二日　王立市両同書道家発表会へ出品・授業（二五日迄）

六月　　十日　広州美術学院留学生展へ出品・授業（十五日迄）

七月　十二日　広州美術学院卒業・修業

七月　十二日　雲南・桂林写生旅行・個人学習（二十二日迄）

雲南省観光の為、宮川さん訪中
中山大学院生の金昌さんのガイドで観光（日中合同の旅は楽しかった）
二十三日　帰国準備始める（広州美術学院に感謝）
留学生送別会（別れが辛いが再会を約束）

帰国後の関連記録

二〇〇六年　九月　十九日　九州大学書道部において広州美術学院と日中友好書道交流展を開催する　その後京都教育大訪問日中友好交流
二〇〇八年　五月　広州美術学院において九州大学書道部と中日友好書法交流展を開催
二〇〇九年　九月　九日　老老二人展を隆幸（八十八）百合枝（八十二）ギャラリーかわにしで開催（十四日迄）
二〇一四年　三月三十一日　市本隆幸死去（九十三）
四月　三十日　市本百合枝死去（八十七）

二〇一六年　十月　六日　明石市立文化博物館にて市本百合枝回顧展（十月一一日まで）

あとがき

これから大好きな絵を描きつづける夢は消えてゆきました。亡き母は生前、回顧録そして紀行文を出版し、子供や孫たちに贈りたい、伝えたいと願っていましたが、もう少しのところで潰えました。しかしながら「老いの残り福」人生を常に前向きに生き、そしてあるがままを受け入れ、他人の事を自分自身のように考え、様々な可能性を実現させていったこの彼女の魂は今も歩み続けています。

戦争の苦しみを味わった自分たちだからこそ言える戦争反対、そして他の国々との平和を願っていました。

その思いを叶える為今回の出版に至りました。

この本が出版され、その数年後、市本百合枝を偲ぶ空間が開かれている。その時、そのくつろぎのまほろばへ是非いらしてください。

平成二十九年　秋

家族一同

老いの残り福

2017年10月30日　初版第1刷発行
著　者　市本 百合枝
編集人　七角 好一
発行所　ブイツーソリューション
〒466-0848 名古屋市昭和区長戸町4-40
電話 052-799-7391　Fax 052-799-7984
発売元　星雲社
〒112-0005 東京都文京区水道1-3-30
電話 03-3868-3275　Fax 03-3868-6588
印刷所　藤原印刷
ISBN 978-4-434-23835-2